ジョン・クラカワー

井上大剛 訳

WILDERNESS AND RISK

荒ぶる自然と人間をめぐる10のエピソード

Jon Krakauer

山と溪谷社

WILDERNESS AND RISK

荒ぶる自然と人間をめぐる10のエピソード

CLASSIC KRAKAUER

by Jon Krakauer

This edition published by arrangement with
Vintage Anchor Publishing,
an imprint of The Knopf Doubleday Group,
a division of Penguin Random House, LLC
through The English Agency (Japan) Ltd.

リンダに捧ぐ

目次

イントロダクション

私が物書きとしてのキャリアをスタートさせたのは1980年代のはじめであり、最初はフリーランスのライターとして、『アウトサイド』、『ローリングストーン』、『スミソニアン』といった雑誌や、それ以外の数多くのマイナーな媒体に記事を書いていた。家賃を払うために、割り当てられた仕事を年に30も40も急いでこなす必要があり、書いた記事の大半は〝くず〟のようなものだった。だが、おかげで細々と食いつなぐことはできたし、腕を磨くこともできた。1990年に独立系の小さな出版社が、それまでに書いた登山に関する短い記事を1ダース集めて、『エヴェレストより高い山―登山をめぐる12の話』として出版してくれた。前渡し金は2000ドル。私は有頂天になった。

だがこの額をもってしても、借金取りを遠ざけるには十分ではなかったため、その後も雑誌記事をめちゃくちゃなペースで書きつづけた。そうした記事のうちのひとつをもとに書いたのが、2冊目の著書である『荒野へ』だ。この本は1996年の1月に出版された。さらにその15カ月後、3冊目である『空へ』を発表して金銭的に余裕ができたことで、雑誌の仕事を大幅に減らし、かわりに書籍単位でのプロジェクトを追求できるようになった。金のために締め切りがせいぜい数カ月先の――〝数週間〟でないだけ、マシなのかもしれないが――請け負い仕事を次から次へとこなしていくかわりに、5～6年かけてひとつのテーマに集中することが許されるようになったのはうれしかった。

『エヴェレストより高い山』を出してから『空へ』を発表するまでのあいだに書いた短い記事の大半は、時のクレバスの彼方に消え去り、忘れられていた。だが、この時期に書いた8つの記事をアンカー・ブックスが見つけ出してくれ、さらにそこに最近のエッセイ2編を加えることで、『荒ぶる自然と人間をめぐる10のエピソード』として生まれ変わった。本書を手に取ってくれてありがとう。

マーク・フー、最後の波

Mark Foo's Last Ride

サンフランシスコのハイウェイ1を降りて35キロのところに、冷たい太平洋に向かって突き出した、ピラー・ポイントと呼ばれる岩だらけの岬がある。1994年12月23日金曜日の朝、この海岸に夜明けが訪れる頃、巨大な波が岩肌に当たって砕け、薄い霧となってビーチを覆うように吹きつけていた。この岬よりもさらに奥に進んだところで、冬の日差しのなか、15人ほどのサーファーが海に浮かんで水平線を見渡し、近づいてくるうねりを探している。

マーベリックスと呼ばれるこの場所で、厚手のウェットスーツを頭までかぶったサーファーたちが大きなサーフボードにまたがっている姿を見かけるのは珍しいことではない。だが、頭上を飛ぶヘリコプターとサーフラインのすぐそばに浮かんだカメラマンたちを乗せた3隻のボート、それに崖の上に並んだ多くの観客が、この日おこなわれるのが通常のサーフセッションではないことを物語っていた。

ここのところ1週間以上にわたって、この10年でもっとも大きく、もっとも見事な波が、ピラー・ポイントの先端にある岩礁に押し寄せている。この一報はまたたく間に世界中のサーファーたちのあいだを駆け巡った。最近、世界でも有数の大波スポットとして知られるようになったマーベリックスがいま、大爆発している、と。すぐさまニュースを聞きつけて、ハワイから有名なビッグウェーブ・サーファーの3人組――ブロック・リトル、ケン・ブラッドショー、そしてマーク・フー――が、カリフォルニアに駆けつけ、地元のサーファーの輪のなかに加わった。

この3人のハワイアンの名前と顔は、世界に500万人いるサーファーたちのほとんどが知っている。そのなかで、誰がもっとも優れたサーファーかについては議論の余地があるだろうが、すくなくとも誰が海のなかでもっとも名を売ったのかは明らかだった。

謙遜や自信喪失といった言葉とは無縁の男であるマーク・シェルドン・フー。彼は自身を「サーフィン界最高の生ける伝説」と呼んではばからない。傲慢だという批判の声に対しても、フーのやり方は変わらなかった。手帳には彼が密に連絡をとって関係を育みつづけてきたサーフィン界で一線級のカメラマンたちの電話番号が並んでおり、その顔写真は異常ともいえる頻度で紙面を飾った。さらに、ケーブルテレビでサーフィンのショーを主催したりもした。フーは名声への渇望を隠そうとはしなかったし、その戦略もはっきりしていた――驚くほど大胆なやり方で世界一大きな波に乗る。それもカメラがまわっている前で。その金曜日の朝、フーとその名高い仲間たちがマーベリックスに集結した歴史的な瞬間をとらえるべく、多くの報道陣が集まっていた。これでカリフォルニアの波に対するこれまでの過小評価は、一気に覆ることになるだろう。

サンフランシスコとサンタクルーズの近くにあるにもかかわらず、1990年になるまでマーベリックスの存在を知っていたのはごく一部の地元民だけであり、実際にここでサーフィンをしたのはジェフ・クラークという名の勇敢な、町の住人一人だった。だがほどなくして、ハーフムーンベイのそばに、バスがまるまる1台通り抜けられるくらいの高さの、分厚くてハードな波が来る幻のサーフスポットがあるとの噂が海岸沿いに出回りはじめる。その波は、サーフィン界のエベレストといわれるハワイのワイメアベイに打ち寄せるものと比べても高さの面でひけをとらないだけでなく、明らかにより大きなチューブを巻くという。しかもマーベリックスは、あの荒々しいワイメアがおとなしく見えるほど、威圧的な雰囲気をたたえていた。作家のベン・マーカスは1992年に『サーファー』誌に寄せた記事で次のように描写している。「ここは陰鬱で、外界から隔絶された、本当に不吉なところだ。深い海に囲まれたリーフは、アリューシャンからのうねり、北西の風と南東の嵐、寒流、そして凶暴なゾウアザラシとそれを捕食するさらに凶暴な生物——つまり太平洋の空と海に存在するあらゆる邪悪なものたちの前に、むき出しで投げ出されている」。ピラー・ポイント・ハーバーの釣り餌屋の壁に貼られた色あせた新聞記事の切り抜きは、地元の漁師がこのあたりの海で、1日のうちにホホジロザメを3匹引き揚げたというニュースを伝えている。

ただ最初は運のいい、いいことに、この金曜日の朝の波は訪れたサーファーや詰めかけたメディアの膨れ上がった期待に応えるほどのものではなかった。パドリングで沖に出て、やってくる波を見ても、ワイメアの海に慣れたベテランのサーファーたちは誰一人として、とくに驚きもしなければ怖じ気づきもしなかった。前の週の巨大な波はいくぶん弱まっていたのだ。それに、海のなかにも崖の上にも大勢の人がいることが、この場所らしからぬ安心感を生んでいた。「すこし拍子抜けした」とブラッドショーは認めている。「いくつか大きめのセット〔波待ちをしているときに数本連続で現れる大きなうねりのこと〕が来たが、巨大というほどではなかった。みんなただただ楽しんでいたよ」

だが、正午をまわるすこし前、マーベリックスは真の姿を見せる。崖の上にいたギャラリーの誰かが「セットだ！」と叫んだ。遠目からもはっきりとわかる黒い波のラインが何本も、22ノットのスピードで波の崩れるポイントに勢いよく迫っていた。岸から半マイルのところにいたブラッドショーは、近づいてくるうねりを見て、波に乗るべく位置取りをした。

セットの最初のうねりを体の下でやり過ごし、次の波に向けて全力でパドリングをはじめる。海の深い場所から巻き起こってリーフに向かって押し寄せようとするうねりは、ドライブイン・シアターのスクリーンほどの高さまで隆起すると、力を解放する前のタメのように一瞬間を置いてから、前に向かって崩れはじめた。波の表面を深く掘り下げるように強く手をかいていたブラッドショーは、数メートル前方やや右寄りで、友であり、長年の因縁の相手でもあったフーが、同じ波に乗ろうとしているのに気づいた。

　サーフィン界の不文律からすれば、この波はブラッドショーのものだった。なぜなら彼の方がより深い位置（ディーパー）に――つまり、波が岸側に向かってそり立ち、崩れる瞬間にいちばん高くなる場所である「ピーク」により近い位置に――いたからだ。「でも、俺の位置取りはちょっと深すぎた気がした」とブラッドショーは振り返る。「それに、もうマークがやる気なのがわかったから、ここは引いてあいつに譲ることにしたんだ」。ボードの上に体を一気に引き上げたブラッドショーは、またがるようにして両足を水に突っ込んで強くブレーキをかける。波は最高の高さになったあと、ボードの下を通り過ぎていった。大きくうねりつつしぶきをあげる波頭の上に座ったとき、フェイス（波の斜面）を力強く手でかきながら、立ち上がる体勢を整え、波をつかまえるのに完璧なポジションをとったフーの姿が目に入った。その瞬間、彼の姿をとらえようと、10数台のカメラのモーターがうなりをあげる。そして、ブラッドショーが生きているフーの姿を見るのは、これが最後となった。

妥当かどうかはさておき、世間ではおおむね、サーフィンは考えの浅い若者たちがやる、夏の気晴らしにすぎないと思われている。だが、ビッグウェーブ・サーフィンは、ビーチでのお遊びとはおよそ似ても似つかないものだ。必然的につきまとう危険と挑戦は、このサーフィンに真剣な目的意識だけでなく、ある種の高潔ささえ与えている。

高さ10メートルを超える波の顎（あぎと）に身を投じて、そのなかで立ち上がるほどの冷静さと反射神経の持ち主は、世界に１００人もいない。波が高くなると、その質量は指数関数的に大きくなり、砕けたときのエネルギーも増大する。自分の頭ほどの高さの波（大半のサーファーが乗れる限界）と、大きなチューブを巻き、海底の砂を削り取る12メートルの大波に乗ることを大雑把に車の運転にたとえると、前者が時速60キロとすれば後者は時速３００キロくらいの違いがある。

そして、波の高さが10メートルから12メートルぐらいになってはじめて、ブラッドショーの言葉を借りれば、「本物がはじまる」。それに彼だけでなく、誇りあるビッグウェーブ・サーファーであれば誰でも、実測で10メートルの高さの波を「10メートルの波」とは決して呼ばない。彼らは、波の高さを実際の寸法のおよそ半分と見なすという、あえて数値を控えめにする独特の測り方を厳格に守っている。よって、通常時の海面からいちばん高いところまでが10メートルの波は、ここでは5メートルと呼ばれることになる。仮にハワイ出身ではなく、なんでも大げさに言いがちなカリフォルニアのサーファーであれば、6メートルと評するかもしれないが。

　ビッグウェーブ・サーフィンは、1957年にオアフ島のノースショアで、グレッグ・ノールが初めてワイメアベイの伝説的な大波に乗ったことからはじまった。一部の人間が彼の真似をはじめ、さらにその後、毎年11月、「アリューシャンジュース」と呼ばれる冬にアラスカ湾から押し寄せる大波が来る時期になると、ビッグウェーブ・フリークたちがここに集うようになった。そしてそれから四半世紀にわたりこの〝クラブ〟は、ときおり寄せられる外の世界からの注目にもほとんど揺るぐことなく、まるで身内のような固い結束を保ちつづけた。クラブの文化は、強い競争意識と混じりっけなしのマッチョイズムを特徴としていたものの、ほとんどの場合彼らの興味は、もっぱらほかのメンバーをいかに感心させるかに向いていた。

　だがそれは1983年を境に変わった。その冬、ノースショアでは例年より飛び抜けて大きな波が頻繁に訪れ、そのシーズンの様子を写した素晴らしい写真の数々が広く注目を集めた。カリフォルニアを拠点とするサーフィン雑誌は、長いあいだ、動きの速い小さな波でのアクロバットやビーチ・パンク的な雰囲気に夢中だったが、これを機に、より純粋で本質的なビッグウェーブへの挑戦に目を向けるようになったのだ。

　編集者たちがワイメアやトドス・サントス（メキシコのエンセナダにあるビッグウェーブ・スポッ

ト。ワイメアに比べると波はやや小さい）にスポットライトを当てると、アメリカの企業はビッグウェーブ・サーフィンに大きなマーケティングの可能性を感じるようになった。すなわち、大波に立ち向かう大胆な男たちのイメージによって多くの商品を売り出せることに、広報担当者たちは気づいたのである。こうして、才能があり、多少なりともメディアへの対応ができるサーファーは、ワイメアのビッグウェーブに乗ることでささやかな報酬を得られるようになった。

また偶然にも、1983年はマーク・フーが海辺に姿を現した年でもある。図々しいまでのセルフプロモーションと、恐れ知らずの行動で、彼の名はたちまち知れ渡った。それまでのビッグウェーブ・サーフィンでは、ワイプアウト〔サーフボードから落ちること〕を避けるため地味で直線的なライディングが主流だったが、フーは、ワイメアの大波に対しても小さな波のときと同じように果敢に挑む、見映えのするスタイルを打ち出した。「マークはほかの奴らよりも、よりハードにビッグウェーブに突っ込んでいったよ」とフーの友人で、ノースショアで尊敬を集めるサーファーであり、ボードビルダーでもあるデニス・パンは言う。「あいつは間違いなく大きなリスクを背負ってた」

ビッグウェーブ・サーフィンの世界で「大胆さ」はつねに高く評価されてきたが、それは「無謀」とははっきりと区別される。無謀は〝素人（クーク）〟の証だとされた。これはサーファーが使う言葉のなかでも最悪の蔑称だ。当初、フーにクークの烙印を押そうとしたライバルたちもいたが、彼の水のなかでの素晴らしいパフォーマンスがそれをはねのけた。実際、ほどなくしてフーの激しいスタイルは、新たな世代のビッグウェーブ・サーファーに知れ渡り、影響を与えるようになった。

フーは自らが負っているリスクについて「究極の波に乗りたいなら、究極の対価を払う覚悟がいる」と言っていた。このセリフを何度も繰り返し口にしたため、決まり文句として定着したほどだ。それに、親しい友人たちには、自分はきっと若くして死ぬだろうと漏らしていた。それでも、フーの大げさな物言いに慣れていた彼らの多くは、本気にせず笑い飛ばしていたのだが。

マーク・フーが亡くなってから1カ月後、ハーフムーンベイのダウンタウンから数ブロックの場所にあるガレージで、ジェフ・クラークは物思いに沈んでいた。彼もまた、あの金曜日の朝にビッグウェーブに挑んだ精鋭たちに混じってサーフィンをしていた。マーベリックスをサーフィン界に知らしめた人間として、自分のヒーローの死に、自責の念を感じずにはいられなかった。

足首まで真っ白なウレタンの破片に埋もれながら、彼は暗い回想を断ち切り、壁に留めてある注文票に視線を走らせると、電気カンナのスイッチを入れた。未加工のポリウレタンの塊を大きく削っていくと、そこから徐々にビッグウェーブ・ボードのなめらかな輪郭が浮かび上がってくる。

その昔は、〝ライノチェイサー〟とか〝エレファント・ガン〟などと呼ばれたこのボードの並外れた長さと槍のような形状について、多くの〝自称評論家〟たちが、長年あれこれと深読みを繰り返してきた。だが、フロイトが葉巻のかわりにサーフィンをたしなんでいたとしたらそう言ったかもしれないように、時としてサーフボードはただのサーフボードでしかない〔「とがったものや棒状のもの」を男根の象徴だと主張したフロイトだが、大好きな葉巻については「時として葉巻は葉巻でしかない」と発言したとされる〕。

ビッグウェーブはとてつもないスピードでブレイクする。その波をつかまえる――つまり、崩れていく波の先端よりも速くフェイスを滑り降りるには、非常に素早いパドリングが要求される。それには、ボードのウォーターライン〔水面と接している部分の長さ〕を並外れて長くする必要がある。その長さは、荒れた波を乗りきるのに必要な安定性も与えてくれる。実際、まともな神経の持ち主であれば、6メートルを超える波に2メートル90センチ以下のボードで向かっていくことはできないだろう。

ボードの片側をおおまかに削り終えたところでクラークは手を止め、仕上がり具合を確認すると、カンナを慎重に横によけて、腕や肩についた粉を払い、「あのさ」とため息をつきながら、「今日はあんまり身が入らないみたいだ。いろいろ考えちゃってね。マーベリックスを見にいこうか」と言った。

クラークは38歳の寡黙でがっちりとした体つきのアイスブルーの目をした男だ。その日の朝、サーフィンをしたせいか、その無造作な髪は塩でゴワついている。9歳のときからマーベリックスから10キロと離れていない場所で暮らしてきた。

高い崖に隠れているマーベリックスは、あらかじめ場所を知らないかぎりハイウェイからはまず見えない。この場所が最初に発見されたのは、1962年にサンフランシスコ出身のアレックス・マティエンゾというサーファーが、小さなうねりをパドリングで越えつつ、インリーフを越えるグズグズの波に乗っているときのことだった。マティエンゾはそのとき海に一緒に入っていた、飼い犬のマーベリックスというジャーマン・シェパードの名をこの場所につけた。

クラークがマーベリックスでサーフィンをすることを考えはじめたのは、10代の頃だった。毎年冬になると、分厚い波のチューブがピラー・ポイントの先端をのみ込むように押し寄せるのを見て、なぜ誰もこの波に乗ろうとしないのだろうと思っていた。そして1974年から75年にかけての冬。一人でパドリングで沖に出て様子をうかがうと、当時持っていたなかでいちばん大きかった2メートル20センチのボードで5つの大波をとらえ、荒れ狂うマーベリックスでサーフィンをした最初の人間となった。

波は大きすぎ、環境はあまりに過酷だったため、誰も誘うことができず、彼はそれから15年間にわたって、沖合のピークで一人でサーフィンを続けた。マーベリックスをほかの人に紹介して、自分の発見を分かち合いたいという気持ちは強かったものの、孤独は気にならなかった。「海のなかで長い時間一人で過ごしていたら、波がどんな感じでブレイクするのか、無意識に感じ取れるようになった」とクラークは言う。一日一日、その年々に、風、潮、波のうねりの微妙な変化を観察し、心にとどめていった。

たとえサーフィンがうまくいかなくても気にしなかった。波にさらわれ、ボードを失い、長い距離を泳ぐはめになったとしても。「すべての力を利用して、自分がいかに小さな存在なのかを思い知る」と彼は言う。「ぼくはそこにいるだけで興奮するんだ」

ただ、クラークは非凡なサーファーではあったが、熾烈なプロツアーで生計を立てるほどの才能はなかった。フーをおおいに尊敬していたが、それは少なからず、フーがビッグウェーブに乗ることをまともなキャリアにできるのを示したからだった。フーの死——そして溺れた場所がマーベリックスだったという事実がクラークの心を激しく揺さぶった。まるで自分の家に夕食のゲストとしてやってきたジョー・モンタナが、チキンの骨を喉に詰まらせて死んでしまったようなものだ。「彼が発見されたと聞いてすぐ、ぼくは現場に行ったんだ」とクラークはまばたきもせず澄んだ目でこちらを見ながら言う。「ウェットスーツに包まれた、ボードのバックデッキに横たわる遺体を見たとき、それがマークだとはとても信じられなかった」

狭いアパートの2階に続く階段を上ると、クラークは双眼鏡を持ってテラスに出た。手すりの隅から身を乗り出すと、カブリロ・ハイウェイの向こうに黒い海が目に入る。ここからは視界を遮るものはなく、8キロほど海岸線をたどっていけばマーベリックスが見える。10×50のレンズを目を細めてのぞき込み、数分ごとに、ピラー・ポイントの先端にノコギリの歯のように固まっている海食柱に高く打ち寄せる白い波しぶきを観察する。

「スウェル（うねり）が出てきた」とクラークは珍しく興奮した声で言う。「マーベリックスには今日の午後、マイナス潮位のときにいい波が来るかもしれないね」

マーベリックスのアウターリーフ（沖の海底にある岩棚）は、海面から6・5メートルほどの深さにあるが、その岩棚の表面は深海に向かって急な傾斜がついている。3メートルから3・6メートル以下の小さなうねりは、リーフの上を転がっていき、崩れることもない。だが、強力な低気圧の塊が冬の嵐の軌道を外れ、太くて間隔の広い巨大なうねりが押し出されるようになると、クラークはNOAA（アメリカ海洋大気庁）気象ラジオから流れるブイの情報に耳をそばだてる。そうした、3000キロ以上も外洋を越えてきたうねりが、最初に岸にぶつかる場所がマーベリックスだ。ここでは、まるでスキーヤーがジャンプ台から飛び立つようにリーフの手前から次々と波が打ち上がり、その波しぶきは驚くべき高さに達する。

しかし100万人以上のサーファーがいるといわれているカリフォルニアで、なぜ、地球上で最大級の波が目と鼻の先でブレイクしているのに気づくのに、これほど時間がかかったのか？　クラークはなにも、マーベリックスの存在を秘密にしておこうとしたわけではない。「一緒にサーフィンをしてくれる相手が欲しかったよ」と彼は言う。「たくさんの人にマーベリックスには世界でも最高クラスの波が来ると話したよ。でも、ぼくみたいな奴が言ってもほとんど意味がなかった」

サンフランシスコにはレベルの高いサーファーがいるし、サンタクルーズではその数はさらに多い。だが、彼らは特有の地元気質ゆえに視野が狭くなっていた。当時、カリフォルニアの有名なサーフスポットであるオーシャンビーチやスティーマーレーンの大物サーファーたちは、ハーフムーンベイのような僻地の無名のサーファーが、注目に値するような新たなサーフスポットを発見するとは考えもしなかったのだ。

地元の人間以外の者たちが、ようやくマーベリックスに目を向けはじめたのは、1990年になってからのことだった。その年の1月22日、記録的な大きさの北西からのうねりがカリフォルニアの海岸に迫っていた。クラークは、建築工事の仕事のため市内で車を走らせていたが、気象ラジオでブイの情報を聞くと、すぐに現場を放棄して近くのオーシャンビーチの海に向かった。そしてビーチの駐車場で、サンタクルーズの有名サーファーであるデイブ・シュミットとトム・パワーズに偶然出会った。

このときオーシャンビーチの海は危険水準を超え、サーフィンができる状態ではなかった。とても乗れないような10メートル級のセットがアウターリーフに異様な激しさで打ち寄せている。この状況でパドリングで沖に出ていくのは自殺行為に思えた。そこでクラークは二人に、ここよりもさらに大きな、しかも完璧な形の波が来る場所を知っていると言った。パワーズとシュミットは半信半疑だったが、それでも彼のあとについてハーフムーンベイに向かった。

ピラー・ポイントの北にある断崖絶壁に二人を案内したクラークがマーベリックスを指さすと、ちょうど波のうねりが轟音を立てているところだった。「デイブは口をぽかんと開けていたよ」とクラークは振り返る。「それから『なんてこった。まるでワイメアだ！』と言ったんだ。それから波を見ながら何度も行ったり来たりして『でかい！　信じられない！　まるでワイメアだ！』と言った」。そして二人の〝新入り〟は、クラークに続いておそるおそるパドリングをはじめた。その日が終わるまでにシュミットは6本、パワーズは2本の波に乗った。それに二人ともクラークのサーフィンの実力に驚くことになった。

セッションの途中、クラークが大きなチューブにのみ込まれて、波が崩れた瞬間にリップ〈崩れる波の先端部分〉に衝突し、海面に戻るまで息がもたないのではないかと思うほど水中に押しつけられるシーンもあった。それでも全員が生きて海からあがり、この二人のサンタクルーズのサーファーはすっかりマーベリックスのとりこになっていた。

それから次のふた冬にかけて、カリフォルニアでももっとも恐れ知らずの悪名高いサーファーたちが、マーベリックスが本物であるかを確かめに集まってきた。そしてワイメアでサーフィンをしたことがある者たちのほとんどが、ここではあのハワイのノースショアのどこと比べてもひけをとらないほど大きくて分厚い波がブレイクしていることを認めた。しかも、マーベリックスでミスを犯せば、より深刻な結果が待っているだろうことも。ハワイよりも水温が15度以上低いため、体力を奪われ、筋肉はひきつり、息を止めていられる時間が大幅に短くなるからだ。また、締め付けが強く水に浮きやすいウェットスーツを着る必要があるため、インパクトゾーン〔波が崩れてリップが降ってくる場所〕で波の下に潜り込むのもより難しくなる。

だが、マーベリックスでいちばん怖いのは岩だ。沖に出て、波がピークに達してブレイクする瞬間をとらえようとして失敗したサーファーは、まるでトラックのように巨大な尖った岩が密集している〝墓場〟に流される可能性が非常に高い。そうなれば、波が来るごとに容赦なく岩に叩きつけられることになる。

その〝墓場〟で何度もひどい目にあっているクラークは、真剣な声でこう言った。「パドリングで沖に出る前に、最悪の事態を想定して、それに対処できる準備ができているかよく考える必要がある。マーベリックスの波はほかの場所以上に、過ちには厳しい罰をもって応えるからだ。ひどいことが起きるのをぼくは何度も見てきたよ」

ホノルルから一晩かけて飛んできたケン・ブラッドショーは、レンタカーをピラー・ポイントの轍のついた駐車場に停めると、朝日のなかマーク・フーとともに体をこわばらせながら斜面を上っていった。二人は連れには見えなかった。アメフトのタイトエンドのような体格で、いかにもアメリカ人といった彫りの深い顔立ちをしたブラッドショーは、身長170センチそこそこで何事にも動じない儒教の僧侶のような風貌のフーより、ゆうに頭一つは大きかった。それに長年ライバルとして反目しあってきたことを考えると、この二人が友人同士としてマーベリックスにやってきたのは、なおさらありえないことだった。

歳はフーが5つ下の36歳。体はまだ軽量級のボクサーのような張りを保っていたが、あご下の肉はたるみだし、目の周りは深くくぼみ、26年間サーフィンを続けてきたツケが出はじめていた。

中国系の両親のもとシンガポールに生まれたフーは、幼少期の大半を父親がアメリカ情報庁に務めていたワシントンD.C.で過ごした。10歳のときに家族がハワイに引っ越すまで、サーフィンはおろか水泳すらも習わなかったものの、一度このスポーツに出会ってからは、すべてをかけてこの道を追求しようと決めた。

１９７０年に、父親が配置換えでワシントンに戻ることになり、一家もメリーランド州の郊外に引っ越したが、12歳の強情な少年には我慢がならなかった。そして東海岸に移ってから２年後、家族の反対を押し切ってフロリダに渡ったフーは、サーファーとして頭角を現す。「中国人の〝よい子〟はサーファーを目指したりはしないものだったわ」とフーの姉であるシャーリン・フー・ワグナーは言う。「母は彼に弁護士か医者になってほしかったでしょうね。兄のウェインみたいに」

ただ、シャーリンによれば、フー家の３人の子どもたちは伝統的な中国の価値観というよりは、アメリカのごく普通の家庭のような雰囲気のなかでのびのびと育ったという。「父は典型的なアメリカの中産階級で、公平なものの見方をする仕事一筋の人だった。母は意思のはっきりした独立心の強い女性で根っからのフェミニストだった」。そして謙譲りかはさておき、兄弟は３人とも「全員幼い頃から、ものすごく激しい性格だった」

マークは17歳になると、サーフィン界の活気にあふれた中心地であるオアフ島のノースショアにたどり着き、精力的に大会に出場しはじめる。滑り出しは上々だった。だが、１９８２年の時点でプロの世界ランキングの66位にとどまり、それより上に行けなくなったことで、自分がこの世界でスターになれないことを受け入れざるをえなくなった。

だが結果としてこれが素晴らしい転機となった。プロツアーを諦め、かわりに自分のイメージをメディアに売り込むことに集中しだしたフーは、そこで希有な才能を発揮することになる。一流のサーフフォトグラファーたちと緊密な協力関係を築き、2つのメジャーなサーフィン雑誌の表紙を6回も飾ったのだ——これは彼が参戦したプロツアーで優勝したどのチャンピオンよりも多かった。

雑誌やビデオ、テレビなどありとあらゆるメディアに露出したことで、複数のサーフィン関連企業とプロモーション契約を交わしたフーは、商品の広告塔としてそこそこの広告料を受け取るようになる。一時は、大手ビール会社のアンハイザー・ブッシュとのスポンサー契約を獲得したこともあった。だが、それでも決して裕福にはなれなかった。プロツアーの枠組みの外で活動するフリーランサーだったため、年収が3万ドルを超えることはめったになかったのだ。ただ、逆に言えば、いつでも好きな場所でサーフィンができる立場にいたので、それだけで嫉妬深い一部のサーファーたちから長いこと恨まれるには十分だった。

また、その積極的な宣伝活動に不満をつのらせる者たちもいて、あいつはカメラがまわっているときしかサーフィンをしない、と陰口も叩かれた。だが、本人はそんな批判はどこ吹く風で、なりふりかまわずサーフィン界での栄光を追い求めつづけた。「そう、マークの奴は写真を撮られるのが大好きだったんだ」と、フーの古くからの親友であるデニス・パンは笑った。

「そのせいでたくさん悪口を言われたけど、そんなのはアヒルの背中に水をかけるようなもので、ききやしないよ」

1983年、フーは初めてワイメアベイでサーフィンをする。ここでもこの湾の伝説的な評判に臆することなく大波を果敢に攻め、保守的な一部のサーファーたちの不評を買った。1985年の1月にはワイメアで、18メートルを超えるとされる、これまでに乗ったなかでも最大の波の上でテイクオフした（立ち上がった）。だが、波の張り出した部分から落ちて、たちまち水中に転落し、波の力でもろに押しつぶされた。落ちてきた水の壁の衝撃でサーフボードは折れ、彼自身もローラー式脱水機で引き伸ばされた雑巾のようになったが、結局は無傷で水面に顔を出し、すぐに救助ヘリによってインパクトゾーンから引き上げられた。

とてもその波に乗れたとは言えない状態だったにもかかわらず、フーはすぐさまこのチャレンジの顛末を世界中の雑誌に送りつけて記事として掲載させ、〝ビッグウェーブの生ける伝説〟としての評判を確固たるものにした。直後のインタビューでフーは「実力という点では、ワイメアにぼく以上のサーフィンをする人はいないと思う」と語っている。

だが当時、ワイメアに〝王〟として君臨していたケン・ブラッドショーはこの意見を認めなかった。フーがワイメアに足を踏み入れる9年も前からここでサーフィンをしていた彼は、この若きサーファーの思い上がりや大言壮語――そしてなにより自分に対する不遜な態度にいらだっていた。フーは、ブラッドショーの家からカメハメハ・ハイウェイを下ってすぐのところに住んでおり、二人は海のなかでもよく顔を合わせた。そしてフーの名声が急速に高まるにつれて、出会ったときの緊張感も強くなっていった。

その関係が最悪の状態になったのは1987年、サンセットビーチで大きな大会が開かれた朝のことだった。パンが言うには、競技前のウォーミングアップのときに「マークが何度も割り込みをして、ブラッドショーの波を横取りした。そしてついに彼はキレた。チャンネル〔沖に向かう潮の流れのある場所〕上でマークを追い回して殴りつけ、水のなかに沈めて押さえつけた。怪我を負わせたわけではなかったけど、世界でも最高のサーファーたちが集まる前で恥をかかせたんだ。マークは戻ってくるとすぐに俺に電話して、いかにひどい目にあったかを訴えた。でも立ち直るのも早くて、数日後には何事もなかったかのように振る舞っていた。そんなことでめげるような奴じゃないんだ」

尽きることのない意欲の持ち主であるフーは、つねに徹底した楽観主義者でもあった。巨大な波の上で偉業を成し遂げるのが自分の運命だと信じていた。そのおかげで、やっかいな状況に置かれても、冷静でおだやかな気持ちを保つことができた。フーはまた、信仰心の持ち主でもあった。ほかでもない荒れ狂う波のそこかしこに神の存在があると言い、それを心の底から実感できるほど近くに感じていた。

偏執狂的で自分のことばかり考えがちな性格だが、気のおけない場所ではとても人当たりが良く、社交的と言えるほどだった。その熱心で、子どものようにのめり込む姿にはどこか憎めないところがあり、すくなくとも5人の人間が彼を親友だと思っていた。「みな、マークのことを好きか嫌いかのどっちかだった」とシャーリンは言う。「中間はないの」

水のなかでは大胆に振る舞ったが、それでもビッグウェーブ・サーファーにありがちなマッチョなキャラクターには当てはまらなかった。あまりにも正直に心の奥にある感覚を語り、内面をさらけ出すことが多かったし、あけすけに愛情を示すのをいとわなかった。そのためフーは女性にとても人気があった。姉や母からも心のこもった感傷的な手紙を数多く受け取っている。「私とマークはすごく仲が良かったから、変な関係なんじゃないかと疑っている人もいたわ」とシャーリンも認めている。

マーベリックスに向かう1週間前に、フーは当時28歳のナカノ・リサと婚約している。「彼はリサを本当に愛していたよ」と、フーの親友の一人であるアレン・サーロは言う。「それにお母さんが彼女を気に入っていたことも、マークにとっては大きかったんだ」

そして数秒間黙り込んでから、こう続けた。「何がつらいって、お兄さんのウェインも2年前、メディカルスクールを卒業した直後に亡くなったし、お父さんも3年前に亡くなっている。マークは最近お母さんに宛てた手紙のなかで、『すごく愛してる。お母さんなしでは生きられないと思う。あなたよりも先に死にたい』って書いていたんだ。マークが死んで、お母さんは本当にショックを受けている」

サーフボードを取り出しウェットスーツを着たフーとブラッドショーは、午前9時をまわる頃、岸の近くで波が崩れる場所を越えて、サーファーたちが波待ちをするあたりまで出ていった。数年にわたってお互いに辛辣な言葉を投げ合っていた二人が一緒にパドリングをしているのを見て驚く者たちもいたが、デニス・パンによればその友情は本物だったという。「あれはうわべだけじゃなかった。マークが亡くなる8カ月くらい前から、二人は本物の友人だったんだ」

その前の夏、フーはイギリスのテレビ局の取材に対して、自分とブラッドショーは、神から同じ使命を与えられ、ともにそれを並外れた強さで追求していることによる絆によって、お互いの不和を乗り越えたと語り、「ぼくたちは、この二人以外にはほかの誰もしたことがないようなことを経験してきたのさ」と話している。

二人を知る者たちによれば、この和解はブラッドショーの性格が丸くなったことによるところが大きいという。20年にわたってこの場所で威信を示しつづけたことで、神聖なるワイメアでの彼の地位は揺るぎないものになった。ビッグウェーブ界の長老として尊敬されるようになったブラッドショーは、沖でいきがる負けん気の強い若者といちいちやり合う必要はないと思うようになっていた。そしてついに、フーの存在をありのままで受け止められるようになったようだった——数年前なら怒りで顔を真っ赤にしていただろう、フーの癖のある言動を、むしろ面白がっている自分に気づいたのだ。

その前の春、二人は、ブラッドショーが発見・開拓した通称〝アウトサイド・アリゲーターズ〟というノースショアの穴場リーフで一緒にサーフィンをしている。「そのとき俺たちはいくつか並外れた大きさの波をつかまえた」とブラッドショーは振り返る。「それにあそこは誰にも知られていなかった。でも、マークが人生でも最高かもしれないと言ったセッションのあと、またすぐにやってきて、今度は30回近くもどこかに電話した。それで世界中にあそこのことが知れ渡っちまった。次に俺が行ったときには、15人も野郎がいたよ。あいつが電話をかけてる最中に俺は言ったんだ。『マーク！　バカな電話はよせ！　ここは誰にも教える必要はない。そうすれば俺たちだけで楽しめるだろ』って。でもあいつは全然そんなふうには思ってなかった。なんでも世界中にシェアせずにはいられないのさ」。そう言うとブラッドショーはため息をつくように笑った。「それがマークのやり方——なんでも目立つようにやっちまうんだ」

12月23日は、フーにとってはマーベリックスを初めて訪れた日だったが、ブラッドショーはそうではなかった。彼はそれまでにも何度か飛行機に乗って来ていたが、本人いわく「いつもちょっとだけタイミングが合わなかった。本当の大物が来る日を逃しつづけてきたんだ」という。

じつはブラッドショーはこの6日前にもカリフォルニアを訪れていた。12月17日の土曜日、彼は可もなく不可もないコンディションのマーベリックスでサーフィンをし、その翌朝、ノースショアに大波が来るという情報を聞いて飛行機に飛び乗り、ハワイに戻ったのだった。「カリフォルニアでもうすこし待たなかったのは大きなミスだった」と無念そうに認めている。「これまで犯したなかでも最大級のな」

ブラッドショーを乗せたジェット機がホノルルに向けて飛んでいるあいだに、934ミリバールの強烈な低気圧が、アラスカ湾から渦を巻いて降りてきてカリフォルニア沿岸に停滞し、それから1週間にわたって、この州の住人がここ数十年間――いや、あるいはこれまでに一度も見たことがないほど、大きくて完璧な波が起こりはじめたのだった。

「19日の月曜日、マーベリックスは異常な状態だった」と43歳のサンフランシスコの医師で、当地のサーファーコミュニティの有名人であるマーク・レネッカーは言う。「そして、水曜日にはさらに大きな波が来た」

ジェフ・クラークにレネッカー、それに当時売り出し中だったエヴァン・スレーターや、サンタクルーズ出身で勢いのあるサーファーであるピーター・メルなど――その週その場にいた誰もが、何かとてつもないものを目の当たりにしていることに気づいていた。一生ものと言っていい大きさの波がセットごとに押し寄せ、誰かがそれをとらえる。サンタクルーズから来た16歳の少年が、すくなくとも15メートルの高さと推定される波に乗り、『サーファー』誌の表紙を飾った。そこには「ジェイ・モリアリティはマーベリックスの歴史に名を刻んだ」との文言が躍っている。

「オアフ島から、ドクター・レネッカーに電話して、自分の逃したものを知ったとき、俺は頭がおかしくなりそうだったよ」とブラッドショーは言う。そして、フーとともに夜行便に飛び乗ると、金曜日の朝、朝日が昇る頃にふたたびサンフランシスコに降り立ってマーベリックスに急行したが、そこで一晩のうちに波が弱くなったという知らせを聞いた。うねりはまばらとなり、ハワイのサーファーであれば3・5メートルから4・5メートルと呼ぶであろう、実測でいえば7・5メートル超の波はほとんど来ていなかった。

ただ、ときおり大きなセットがうなりを上げて押し寄せると、15人ものサーファーが波を自分のものにするべく動きだす。そこにフーとブラッドショーが乱入したことで、競争はさらに激しさを増した。「とんだ大騒ぎになっていたよ」とレネッカーは言う。「船にはカメラマンがいっぱいで、ヘリコプターも飛んでいたし、崖には見物人がいて――なにより、世界でも最高のサーファーたちが初めてマーベリックスに集まった。歴史的な一日なのは疑いようがない。

居並ぶカメラの前でいい動きができればキャリアが拓ける。とてつもないプレッシャーだったよ」

「現場はもう、パニックに近かった」とクラークも言う。「みんなちょっといきすぎだったかもしれない」。その昔、フーによって迫力ある写真の価値が知れ渡る前は、大きな波に対してはもっと節度ある態度で臨むのが普通だった。ワイプアウトは、その危険もさることながら、〝クーク〟のやることだと見なされていた。だが、フォト・インセンティブ〔波に乗っているときの写真が雑誌などに掲載されるとお金が支払われること〕に基づくスポンサー契約を結ぶサーファーが増えたことで、状況は一変した。より〝深い〟位置から、ギリギリのタイミングでテイクオフする――つまり、波がもっとも急勾配でそそり立つ、落差の激しい場所から乗ることで、いちばん迫力のある写真が撮れるため、野心的なサーファーはできるだけその付近でねばろうとし、めちゃくちゃな事態を引き起こした。

「とりあえず最初だけでも波に乗っちまえば、カメラマンはそいつが最後まで両足で立って本当に波を乗りこなしたかなんて気にしやしない。奴らは誌面をにぎわすキラーショットが撮れればそれでいいんだから」とブラッドショーは回想する。いわく、その金曜日、マーベリックスでは「ほとんどの野郎がカメラうけを狙ってありえないほど深い場所でテイクオフして、ひどいワイプアウトが何度も起きた」という。

「信じられないような光景だった」とレネッカーも言う。「世界でも最高のビッグウェーブ・サーファーたちが、まるでバカみたいなやり方をしていた。まあ、マーベリックスで初めてサーフィンをする人たちが、ここを甘く見てたっていうのも理由のひとつだろうね。しょせんはカリフォルニアの波だし、いつも自分たちがやっているノースショアでのサーフィンほど本気を出す必要があるとは思えなかったんだろう。でも大半は〝コダック・カレッジ〟だった。ようは、カメラがまわってなければ思いつきもしないような無茶をやってたのさ。マークもすっかり浮かれて、いつもとは位置取りが違った。みんなと同じミスを犯してたんだ」

しかし、ブラッドショーはこうも言っていた。「だが不思議なのは、死ぬことになったあの波に乗るとき、マークの位置取りはべつに深くなかったことだ。あいつはちゃんといるべき場所にいた」

すでに1ダースほどの波をとらえ、時刻は正午をまわりかけた頃、フーは分厚いセットが水平線に現れるのを見た。そのときに撮られた写真から推測すると、フーが乗ろうとした波は、波底から波頂までがおよそ9メートルほどだと思われる。この週の前半には、彼よりも経験の浅いサーファーが、もっと大きな波に問題なく乗っていた。フー自身、ワイメアではこれよりも大きくて荒れた波を何度も乗りこなしている。

フーはセットの最初の波を見送ると、ボードを反転させ、2本目の波を狙って激しく水をかきはじめる。テイクオフも上々だった。波がコンケイブ〔サーフボードのボトム（裏側）に彫られた溝〕に食いつくと、独特の姿勢で身をかがめつつ、両手を低い位置で大きく広げてバランスをとった。張り出した波の下でボードが一瞬、フリーフォール状態になってもコントロールを維持し、フェイスの中ほどに着地した瞬間に、バランスを取り戻したかに見えた。

だがマーベリックスの波は、不安定で予測不可能なことで有名だった。「海底の形やエネルギーのベクトルなど、すべての要素が複雑なんだ」とレネッカーは語る。「その結果、波には奇妙なねじれや浮き沈みが、一気に、一瞬のうちに生じる。次に何が起きるのかは予測不可能だ。マークは世界中の誰と比べても遜色ないサーフィンの反射神経の持ち主だったが、それでも波によってはワイプアウトを避けようがない」

アレン・サーロによれば、フーが角度をつけてフェイスを滑り降りようとしたとき「波が急に持ち上がり、ボードのボトムが浮き上がった」という。ボードが一気に左に傾いて、岸側のレール〔サーフボードのエッジ部分〕が波の崩れた部分に沈み、体がすごい勢いで前に投げ出された。

そして腹ばいの状態で、両腕が後ろに反り返り脊椎が伸ばされるほど激しく水面に叩きつけられた。フーの体は平石のようにフェイスの表面を滑っていったため、波を突き抜けて沖側に脱出することはできなかった。巻き上がるチューブのなかに閉じ込められたまま、フェイスを逆戻りし、波のなかに吸い込まれていった。ビデオをスローモーションで見ると、前に向かう波がアーチを描いて崩れようとする瞬間、フーの体の影のようなシルエットはいちばん高いところまで巻き上げられている。そしてしぶきをあげつつ轟音とともに崩れた波で、彼のサーフボードは3つに割れている。

結局、その生き様のままにフーは死んだ。カメラの前で、伝説をつくるように。100人を超える人間が、崩れる波にフーがのみ込まれるのを目撃し、そのワイプアウトの様子はすべて、フィルムとビデオに残っている。だが、その数秒後、オレンジ郡出身の有名なビッグウェーブ・サーファーであるブロック・リトルとマイク・パーソンズ（ちなみに二人ともマーベリックスでサーフィンをするのはこの日が初めてだった）が、そのセットの次の波でそろってテイクオフした。ゆらゆらときらめく巨大な水の壁が立ち上がり、めくれあがっていくと、すべての視線がこれから展開される彼らのライドに向けられる。誰一人として、フーが海面に浮かび上がってこないことに気づいていなかった。

二人がフェイスを並んで滑り降りているさなか、パーソンズのボードの先端が波の斜面に突き刺さり、彼は勢いよく倒れた。2秒後、リトルもなぎ倒された。

仰向けに倒れたパーソンズは、上からギロチンのように落ちてくる波を胸に受け、海のなかに沈んでいった。「それまでに経験したなかで最悪のワイプアウトだったかもしれない」と彼は言う。「上がってくるまですごく時間がかかった。しかもそのあとに最悪の出来事が待っているなんて思いもしなかった」。空気を吸おうとやっとの思いで海面まで戻ったとき、何かに激しくぶつかった。どうやら誰かの頭や腕のようだった。その瞬間はリトルだろうと思っていたが、じつはそれはフーだったのだ。

そのときリトルは、20メートルほど離れたところで命がけで戦っていた。〝墓場〟につかまり、押し寄せる波に何度も打ちつけられたパーソンズとリトルは、岩場に吸い込まれていった。右足首とボードをつないでいるリーシュ（トラックを引っ張れるほどの強度がある長さ5メートルのポリエチレン製のひも）が、海中の岩にひっかかり、リトルは溺れそうになっていたが、何かの拍子にそれが切れたことで、最後は岩の隙間を縫って安全な浅瀬まで流れ着いた。

同じようにパーソンズのリーシュも岩にひっかかっていた。だが彼はリトルほど幸運ではなかった。「ぼくは水中で身動きがとれなくなった」と本人は振り返る。「波のせいで岩に叩きつけられるし、息もできない。間違いなく溺れ死ぬと思った。完全にあきらめてただ死ぬのを待っていたとき、波のかげんで急にリーシュが外れたんだ。おかげで水面には出られたけど、ラグーンに流れ着く前にまた、ひどい一発を食らってしまった」

一方、フーの姿はまだどこにも見えなかったが、みな、パーソンズとリトルの身に起こっていることに目を奪われていて、彼がいないのに気づいていなかった。サーフラインよりも沖にいたブラッドショーも、砕ける波の背に視界を遮られて、誰かがトラブルにおちいっているなど知るよしもなかった。そしてフーの波が引いてから50秒後、インパクトゾーンで何が起きているのか気づかないまま、そのセットの最後のもっとも大きな波にテイクオフした。波に食いつき、ボトムに向かって水面を激しく切り裂いていき、くぼんだ部分に突っ込みながら、最後に波が砕けてボードから叩き落とされるまで、300メートル近くも乗りこなした。

その後、パドリングでマスコミのボートの横を通り過ぎ、観客のなかに戻ってきたブラッドショーは、まだアドレナリンによる興奮が冷めやらぬまま、立ち止まってボブ・バーバーというカメラマンに話しかけた。「バーバーから、マークがかなりひどく波をくってサーフボードが折れたようだと聞いた。でも、そんなのよくあることだから大ごとだとは思わなかった。姿が見えないのも、ただ代わりのボードを取りに行っただけだと思った」とブラッドショーは言う。

午後1時頃、空が雲に覆われて強い海風が吹きはじめ、波が乱れてきた。サーファーたちは水のなかから出はじめ、ヘリコプターも去り、マスコミのボートも動きだす。パーソンズとエヴァン・スレーター、それに二人のカメラマンが乗ったディーパー・ブルー号も船着き場に向かった。すると、その入り口にある突堤を越えたあたりで、紫と黄色のサーフボードのテールブロックが渦のなかを漂っているのに気づいた。「あれはマークのボードみたいだから取りに行ってやろう」と船上のスレーターは何気なくそう思った。だがそのとき、壊れたボードのそばに、黒いウェットスーツを着た人らしき影が、うつぶせで半分水に浸かった状態のまま漂っているのに気づいた。目の前の光景が信じられず、誰かがあれは昆布の塊だろうと何度も言ったが、パーソンズは目が回るような感覚を覚えながら「違う」とその言葉を遮った。「あれは昆布じゃない」。スレーターが水に飛び込み、フーをボートのところまで引き寄せると、その動かない体をみなでデッキに引き揚げた。

そのときまで、フーが行方不明になっていたとは誰も思っていなかった。そのため、彼の体は1時間以上も水のなかにあった。船長はすぐに港湾警備隊に無線で連絡し、数分後には二人の救急隊員が到着して懸命に蘇生を試みたが、すべて失敗に終わった。

それからほどなくして、ほとんど人のいなくなった海のなかでまだねばっていたブラッドショーは、最後にグダグダになった波に乗って岸にあがった。駐車場でジェフ・クラークがそばにきて、言葉を詰まらせながらフーのことを伝えた。ブラッドショーは大急ぎでドックに駆け下りていった。「俺は保安官にマークに会いたいと言ったんだ」と唸るような声で彼は言う。「本当かどうかこの目で確かめなきゃならなかった」。遺体を覆っているブランケットを引き剥がしたブラッドショーは、友の顔を見つめ、そして背を向けた。

検視の結果、死因は海水による溺死と判明したが、フーがなぜ溺れたのかはわからなかった。「あれはひどいワイプアウトだったし、滝から落ちるようなもんだっただろう。でも、俺たちは同じようなことをこれまで100回近く経験してきた」とブラッドショーは言う。

フーの体には、右目の上に小さな裂傷、額には擦り傷があった。だが、遺体を確認したレネッカーは、「頭部の傷はごく浅いものだった。ボードにひどく頭をぶつけて気絶した可能性もあるけど、検視した医師によれば、頭蓋骨にはその痕跡は見つからなかった。ジェフ・クラークやほかのみんなも言っていたけど、たぶん、彼は海の底にひっかかってしまったんだと思う」

マーベリックス近辺の海底は、洞窟や裂け目、あるいはカリフラワーを石にしたようなギザギザで複雑な形の突起物であふれている。フーの体の一部、あるいはボードやリーシュがそうした岩にひっかかって、水中で身動きがとれなくなったというのは十分にありうる。ちょうどリトルとパーソンズがそうであったように。

あの日マーベリックスにいたサーファーのほとんどは、フーの死を不慮の事故だと思っている。たしかにそうなのかもしれない。だが、それでも疑問が拭いきれない。

これまでにもフーが、死について考えをめぐらせ、頻繁に語ってきたことはよく知られていた。「マークはぼくに、最後は究極の波に乗って逝きたい、とよく話していました」とフーの友人であるアレン・サーロは言う。「しかもそのセリフをみんなに言っていた。だからぼくは『おいおい、マーク。究極の波に乗るために死ぬ必要はないんだぞ』と言ったんです。でもいつも、お前はわかってないな、という反応でした。自分が遅かれ早かれサーフィンで死ぬ運命にあると信じていたんです」

友人たちは、なぜ彼がそこまで思い詰めているのかがわからなかったし、普段の性格とのギャップに驚いていた。自殺願望があるわけではなさそうだし、車を運転するときにはまるで老人のように過剰なほど安全に気を配った。向こう見ずな行動も厳に慎んでいた。酒もまったくと言っていいほど飲まないし、マリファナも吸わない。ビッグウェーブに乗ること以外には、危険な行動はいっさいせず、水中でも計算済みのリスクしかとらなかった。それにフィアンセであるナカノ・リサには、結婚したら子どもをつくろうと熱心に話していた。

だが、ナカノは次のように語っている。「彼はことあるごとに、自分は長生きできないと感じていると口にしていました。そのことで悩んだり、生き方を変えたりはしなかったけど、それでもサーフィンで死ぬ運命だと確信して、それを静かに受け入れていた。でも私は当時、彼の言うことを本気にしませんでした。きっとみんなもそうだったと思います」

フーには物事を大げさに言い立てる癖があったので、「ほとんどの人は、彼が死についていろいろと語っているのは、口だけだろうと思っていた」とシャーリンも認めている。「統計的に見て、ビッグウェーブ・サーフィンはそこまで言うほど危険ではないはずだから」

1982年にワイメアで、リック・グリッグが首を骨折。89年にはタイタス・キニマカが大波にのまれて大腿骨を折っている。フー自身、ノースショアで珊瑚礁にぶつかって、体中に擦り傷を負った。2年前にはパイプラインの大波で足首を複雑骨折し、前の春にはサーフボードのフィンで左の膝頭を切り、腱を断裂するという大怪我を負った。だがこのように死亡事故になってもおかしくない間一髪のケースが多く知られているにもかかわらず、ビッグウェーブ・サーフィンでプロのサーファーが亡くなったのは1943年以来フーが初めてだった。一見すると、データは、巨大な波でのサーフィンが、クライミングはおろかヘリスキーと比べてもはるかに安全であることを示しているように思える。

では、生存者が4・5メートルから5・5メートルくらいだったと証言する、けっして規格外とは言えないサイズの2つの連続した波が、世界でもっとも優れたサーファーの一人を殺し、二人を死の淵にまで追い詰めたのは、たんなる偶然だったのだろうか?

じつは大波がそれほど危険ではないとする統計データのほとんどは、ごく最近まで事実上すべてのビッグウェーブ・サーフィンがおこなわれていたワイメアベイの状況を反映したものだった。ワイメアの水温は28℃程度で、マーベリックスの岩場に匹敵するような危険物はない。それにサーフラインではジェットスキーに乗ったライフガードがパトロールしているし、救助のヘリコプターも待機している。

マーベリックスの海がこれよりもはるかに危険なのは疑いようがなく、しかもここ3年足らずのあいだにかなりの数の人がここでサーフィンをするようになっていた。マーベリックスを訪れるサーファーの数が増えれば増えるほど、おそらく死亡事故も増えるだろうし、ビッグウェーブ・サーフィンでの死亡率を上方修正せざるをえなくなるはずだ。

とはいえ、〝殺人級〟の海であるという評判は、優れたサーファーたちを遠ざけはしないだろう。むしろ、アイガーの邪悪な雰囲気が多くの登山家をひきつけるように、マーベリックスにもより多くのサーファーが集まってくるはずだ。クライミングでもビッグウェーブ・サーフィンでも同じだが、大胆であることをよしとする文化のなかでは、より危険なチャレンジを達成した者にこそ、より大きな栄誉が与えられる。そして、フーは誰よりもこのことをよく知っていた。

その死は数々の暗い皮肉に彩られているが、とくに長年にわたってフーがビッグウェーブ・サーフィンの危険性を誇張していると非難されてきたという事実はその筆頭だろう。だが、じつのところこの事故は自業自得と言えるのだろうか？　あの金曜日の朝、彼はカメラを前にはしゃぎすぎていたのか？　油断して、致命的なミスを犯したのか？　すくなくともあとの2つの疑問に対する答えはノーだと言えそうだ。自身を殺すことになる波の上で、彼はすべてをうまくこなしているように見えた。派手なプレーを見せることで知られていたフーだが、命を落としたあのときは、らしくないほどの慎重なサーフィンをしていたのだ。

12月30日、オアフ島のノースショアでおこなわれた追悼式には700人が参列した。男女を含め150人以上のサーファーがパドリングでワイメアベイの海に出ると、手をつないで輪をつくり、レイ〔ハワイで首にかける花の輪っか〕を海に投げ込んで、哀悼の意を示した。別れの言葉が述べられ、みながフーの名を3度呼んだ。そしてデニス・パンがリュックから遺骨の入った箱を取り出し、フーを海に還した。

式のあと、この悲しみを笑い飛ばそうとする人もいた。マーベリックスからこんな芝居がかった退場をすることで、きっと彼は一番の望みを叶えたのだろう、と。フーはその死によって、有名サーファーの一人から、記憶から消えることのない伝説的な存在となった。「マークの奴は、きっとそのあたりに座って、笑って髪をかき上げながら、『な？ これで仕上げはばっちりだろ！』って言ってるに違いないよ」とパンは言う。

だが、姉のシャーリン・フー・ワグナーによれば、母親の悲しみはそんなものでは収まらないという。「母はもうおかしくなりそう。マークの生き方は認めていたけど、本当の意味で理解したことは一度もなかった。自分がやりたいことをやって死んでいったといっても、母にとってはなんの慰めにもならないの。はっきり言って、命を無駄にしたと思っている」

霧に包まれたカリフォルニアの朝、日の出とともにピラー・ポイントの端までビーチを歩いていったジェフ・クラークは、一面に広がる青みがかった灰色の太平洋を眺めた。西からの大きなうねりがアウターリーフで轟音を立て、チューブを巻く波のはるか上まで、尾を引くように波しぶきを打ち上げている。クラークはウェットスーツのジッパーを上げると、波がいったん途切れるタイミングを待ってから、パドリングで海に出ていった。フーが死んでから4日間、マーベリックスでサーフィンをするものは誰もいなかった。

岸に近い位置の小さな波を潜ってやり過ごし、沖に向かう流れをとらえて、チャンネルの裂け目に入り込む。そして15分後、ラインナップにたどり着いた。サーフラインを越えたところでサーフボードにまたがり、じっと海を見つめて波のリズムを体でとらえながら、この1週間のうちに起こった不穏な出来事を心のなかで整理しようと――後に本人が語ったところによれば、「マークの死にちゃんと向き合おうと」――したのだった。

西から太平洋の水面を鋭く隆起させつつやってきた黒い波のうねりによって、クラークは現実に引き戻された。最初の波をボードの上でやり過ごすと、次のうねりに合わせてボードを反転させ、パドリングを開始する。海面が盛り上がって青々としたピークがそそり立ち、波の斜面で激しくストロークを続けるクラークの体を空高く持ち上げる。そして波が頂点に達して崩れる瞬間、素早く立ち上がると、奈落の底に向かって急滑降した。頭上では、波が羽根飾りのように白いしぶきを立てつつ巨大なチューブを巻き、半透明のアーチをつくりながら前に進んでいく。

ここにはカメラマンも観客もいなければ、ボートもヘリコプターもない。クラークはただ一人、強大な水の壁を切り裂いて滑り降りる。20年経ったいまでも、この瞬間の喜びは変わらず、震えるような興奮と超越感を与えてくれる。ここ数日で初めて心が晴れるのを感じたクラークは、トラフの上を加速する。そして、背後からうなりをあげて渦を巻き、しぶきを吐き出しながら迫る波にのみ込まれそうになる瞬間、レールを大きく傾けて水面に食い込ませると、鋭く優雅なターンを決めた。

1995年5月『アウトサイド』掲載

火山の下で生きる

Living Under the Volcano

海抜4392メートル、カスケード山脈の最高峰であるレーニア山の頂上では、重たい足を一歩前に進めるごとに息が切れる。過去30年間、この巨大な火山には何度も登ってきた――楽しみのため、運動のため、そして都会の喧噪から逃れるために。だが今回、私を突き動かしているのは、暗い好奇心だった。

最新の地質学の研究によると、レーニア山はたとえ噴火しなかったとしても、その周りに住む数千人もの人々（私もその一人）にとって、深刻な脅威とされている。この問題についてすこしでも光を当てるべく、丸2日間大変な思いをして頂上にたどり着いた。山頂の火口を吹き抜ける冷たい強風のせいで、顔の皮膚はあっという間に凍りつき、手袋をした手も氷のように固まっている。

視線を落とすと、カナダからオレゴン州中央部まで300キロ近い景色が一望できる。カスケード山脈の岩だらけの尾根を見渡すと、地球のこの一角には、やたらと多くの火山がかたまっていることにいやでも気づかされる。ここからだけでも9つの火口が確認できた。そのなかでももっとも魅力的で、もっとも悪名高いのが、南西の方角、間近にそびえ立つ、円錐の先を切り取ったような形のセント・ヘレンズ山だ。いま、大きく口を開けたその火口からは、空高く蒸気が立ちのぼっている。これはセント・ヘレンズが——カスケード山脈のほかの20を超える山々と同じく——非常に活発な活火山であることを示している。

1980年5月18日、日曜日。朝9時をまわるすこし前、ワシントン州ギグハーバーの波止場の上で、サーモンを獲る業務用のたも網を繕っていたとき、ふと顔をあげると、ついさっきまでは何もなかったはずの青空に、突如、巨大な入道雲が天に向かって立ちのぼっていくのが見えた。そのときは知らなかったが、セント・ヘレンズで続けざまに起こった雪崩によって、山頂から数百トンにもおよぶ岩と氷塊が滑り落ち、溶岩と超高温の蒸気を閉じ込めていた〝岩盤の蓋〟が突然取り払われたのだった。結果として起きた噴火は、この火山の上から400メートルほどの部分を跡形もなく吹き飛ばし、土砂を空高く舞い上げた。

爆風は、火山から400平方キロメートル以内の動植物を壊滅させた。私の目をひいた灰の雲は、地上から1万8000メートル以上の高さまで舞い上がり、ワシントン州の多くの場所を昼から夜に変え、アメリカ西部全体に5億4000万トンの火山灰をまき散らした。そのせいで57人が亡くなったが、噴火の激しさからすると犠牲者の数は驚くほどすくないと言えた。避難がおこなわれたのにくわえて、この荒涼たるセント・ヘレンズの周辺は大部分が未開発で、周辺にはほとんど人が住んでいなかったからだ。

あれから15年。いま、レーニア山の山頂に立ち、両足のブーツのあいだから見える景色を一瞥しただけで、もしこの山が噴火したら、結果はさらに悲惨なものになることが容易に想像できる。北西にはタコマとシアトル、そしてその郊外が広がっている。スペースニードルやシアトルダウンタウンにある高層ビル、それにシータック空港に着陸するボーイング747の姿もはっきりと見える。

レーニア山が過去何度も噴火してきたことを考えると（前回は150年前）、その近くにこれほど多くの人が住んでいるのは問題だ。地質学者たちはこの山はいつまた噴火するかわからないと警告している——それは10年後かもしれないし、1万年後かもしれない。だがいずれにせよ、噴火は起こる。

山頂に腰を下ろして、ピュージェット湾のきらめく水面を行き交う貨物船やフェリーを眺めていると、この火山がいますぐ噴火してもおかしくないという気になってくる。頂上の火口の縁には、地球の奥深くから高温のガスを吐き出す噴気孔がいくつもあり、あたりには鼻をつく硫黄臭が立ちこめている。気温は0℃を大きく割っているし、この山の大半は厚さが100

メートルにも達する氷の層で覆われているというのに、私がいま立っている岩場にはまったく雪が残っておらず、触ってみると不気味なほど温かい。科学者が計測したところ、火口の縁の表面温度は80℃に達するという。防寒ズボン越しに感じる熱から、この岩のすぐ下を赤く燃え上がったマグマが渦巻き、いまにも太陽のもとに顔を出そうとしている様子が伝わってくる。

このレーニア山から北に100キロ進んだところに、ワシントン大学のキャンパスがある。構内にある窓のない雑然とした一室では、うずたかく積まれた計器がうなりをあげ、いつ噴火が起きても地域で対応できるよう、レーニア山の地質学的変化を細かく観測している。この建物の屋上に取り付けられたアンテナは、カスケード山脈の山々に設置された30台以上の遠隔計測装置から信号を集めており、さらに電話やマイクロ波通信によって120以上の信号を受信している。レーニア山だけでも専用の計測装置が12台もある。地面の揺れは大きいものも小さいものもすべて、部屋の中央に据え付けられた回転式のドラムから出力されるグラフの線の上下動として表れる。

「じつのところ……」と切り出したのは、あごひげに短パン、サンダル姿の陽気な地球物理学者で、この地震学研究室の責任者でもあるスティーブ・マローンだ。「このドラムは、たまには使えるデータも出てくるけど、ほとんどニュースメディアのためにあると言えるだろうね。地震が起きたらとにかくこれにカメラを向ければいいんだから。ぼくたちもときどきこのグラフを見ることはあるけど、頼りにしているのはほとんどこの最新式のコンピュータシステムさ」。現地に設置されたセンサーのどれかがマグニチュード2・4以上の揺れを検知すると、マローンがいつもベルトにつけているブザーが鳴るようコンピュータはプログラムされている。さらに、マグニチュード2・9以上であった場合、ファックスとEメールが自動的に、地域全体の科学者や緊急事態管理部門の担当者に送信される仕組みになっている。

1980年のセント・ヘレンズの大噴火の直前には、マグマが火口近くまで上がってきたことによる小さな地震が何度も起きていた。次にレーニア山が噴火する前にも、同じような揺れが地質学者たちに警告を与えるのはほぼ間違いない。「このコンピュータシステムがあれば、地震のデータが噴火が迫っているということを、数週間、あるいは数カ月も前に教えてくれるだろう」とマローンは言う。

ただ、じつのところ彼は、レーニア山がセント・ヘレンズのような大噴火を起こす可能性はそれほど高くないと考えている。過去の噴火歴から、次にレーニアが火を噴いたとしてもさほど激しいものにはならず、爆発や溶岩の噴出は比較的控えめだろうというのが、マローンを含めたおおかたの火山学者の見解だ。

しかし、だからといってこの山がたいした脅威ではないと決めつけるのは大間違いだという。「実際、レーニアはセント・ヘレンズよりもはるかに危険だと思う。この山の本当に恐ろしいところは、大規模な土石流がもたらす被害であり、しかもほとんどの人がその危険に気づいていないことだ」。地質学者たちのあいだでは〝ラハール〟（この言葉はインドネシア語に由来する）と呼ばれるこの現象は、流動性の土砂が岩や氷塊とともに、山頂に近い高所から恐るべき速度と破壊力で、雪崩を打って滑り落ちることをいう。

「レーニアではつねにラハールが起こりつづけてきた」とマローンは警告する。「噴火とはまったく無関係に、ほとんどなんの前触れもなく、自然発生的に起こることもありうる。アルメロの悲劇は忘れられない。同じようなことがここでも起こるんじゃないかと心配しているんだ」

アルメロは、コロンビアの首都であるボゴタからそう遠くない場所にある、アンデス山脈に抱かれた豊かな農村だった。1985年11月13日の晩、この町の住人たちは地響きを感じ、ここから50キロ離れたネバド・デル・ルイスという標高5320メートルの火山からゴロゴロという爆発音が連続して響いてくるのを聞いた。マリーナ・フランコ・デ・フエズという地元の女性によると、火口からは不気味な雲が立ちのぼり、アルメロにも灰が降り注いだが、「でも、たいしたことではないと言われました」という。

火山はたしかに噴火していたが、当初、それほど警戒する必要はないと思われていた。実際、この噴火はネバド・デル・ルイスの山頂付近の氷や雪の5パーセントほどを溶かした程度で、新聞では「比較的小さな噴火。火山の〝げっぷ〟」と報じられた。だがこの〝げっぷ〟は、火口を支えるように切り立っている岩壁を崩壊させるには十分な威力があった。岩と雪と氷塊の雪崩――つまり、典型的なラハールが巻き起こり、4600メートル付近の高さからネバド・デル・ルイスの山腹を滑り降りた。

そして谷底に向かって川沿いを急降下し、水を巻き込んで勢いを増したラハールは、天然のダムをなぎ払い、とてつもない大きさの地滑りを引き起こした。あるアルメロの住人は「大きな機関車が全速力で走ってくるような音がして、それから首のあたりまで水にのみ込まれた」と、この噴火後の大災害を振り返る。

あたりはたちまち固まる前のコンクリートのような液体であふれかえり、町全体が10メートル近い灰褐色の泥の下に埋まった。翌朝、生き残った住民たちが目にしたのは、かつて自分たちの家が立っていた場所が、600エーカーにわたって壊れた車や死体や根こそぎになった木が散乱する、荒涼たる月面のような地面に一変している光景だった。犠牲者は推計2万3000人、6万人以上が家を失う、コロンビア史上最悪の自然災害となった。

ワシントン州バンクーバーにあるアメリカ地質調査所カスケード火山観測所で上級研究員を務める、地質学者のケビン・スコットは、ネバド・デル・ルイス山とレーニア山には不気味な類似点がいくつもあると警告する。いま彼が立っているのは、ピュージェット湾近郊の低地にある急成長中の町、オーティングの新興住宅地のそばにある平原だ。ここから南東に50キロも行かないところに、夏の太陽に照らされたレーニア山がそびえ立っている。

新築の家の裏にある手入れの行き届いた芝生の上には、この場に似つかわしくないフォルクスワーゲン・ビートルほどもある溶岩の塊が転がっていた。「あの岩がどうやってここまで来たか知ってるかい？」とスコットが訊く。「レーニア山からラハールで運ばれてきたんだ。オーティングの大半がそうだけど、この住宅地も、6メートルほどのデブリ〔岩くずやがれきなどの堆積物〕の地層の上にある。いまから約500年前に起きた〝エレクトロン・マッドフロー〟と呼ばれる巨大なラハールが、ピュアラップ川の流域に沿って運んできたものだよ」。このあたりの地質記録からは、過去1万年のあいだにすくなくとも60の大規模なラハールがレーニア山から轟音を立てて滑り落ち、そのうちのいくつかは山から80キロ以上離れたピュージェット湾にまで達したことがわかっている。

あのアルメロもまた、オーティングと同じように、古いラハールによって運ばれたデブリの上にあった町だったと彼は指摘する。「アルメロは今回の悲劇が起こる前にも、すくなくとも一度、1845年の時点で土石流によって破壊され、数百人の犠牲者を出している。でも同じ場所に町は再建された。オーティングもまた、遅かれ早かれラハールに切り裂かれるのはほぼ間違いない。それがいつなのかはわからないが、過去のレーニア山の土石流の発生状況からして、大規模なラハールが起きるのは500年から1000年に一度くらいだと、かなりの確信を持って言える。これはずいぶん長く聞こえるし、そんなに心配する必要はないと思うかもしれない。でも、統計的に言えば、ラハールの氾濫地域に建てられた家は、火事よりも土石流で倒壊する確率の方が何倍も高い。火災保険や煙探知機なしで家を持とうとする人はまずいないだろう。なのに、土石流の通り道に無防備なまま住むことについてはなんとも思ってない。ほとんどの人はラハールのリスクにまともに向き合おうとしないんだ」

地質学者たちはラハールの危険性を真剣に受け止めている。だからこそ、レーニア山に対してあれほどナーバスになっているのだ。このあたりでは、10万人以上の人がラハールが運んできたデブリの上に建てられた家で暮らしている。そして、ピュージェット湾近郊に住む20万人以上が、過去に記録が残っている土石流の通り道にある会社に毎日出勤している。全米研究会議が1994年に発表した報告書では、「この大都市圏は、太平洋岸北西部のハイテク産業の中心地であるとともに、アメリカの民間航空機の一大製造地でもある。……大規模な噴火や土石流が発生すれば、数千人の住民が犠牲になるうえに、経済にも重大な影響が出る」と警告されている。

ラハールは事実上すべての火山で起こりうるが、レーニアがとくに危険なのは、その独特の地質学的性質による。標高の高さとアメリカ北西部の湿潤な気候が相まって、レーニアはとてつもなく分厚い氷のマントルに覆われている。広大な山の斜面は、それぞれ固有の名前を持つ

26もの氷のひだで覆われていて、レーニアにある雪や氷の総量は、カスケード山脈のほかの山すべてを合わせた量に匹敵する。火山の活動によってこの氷のごく一部が解けただけで、ノアの大洪水を思わせるようなラハールが起きる可能性がある。

「人間の命や財産に対するリスクという点では、カスケード山脈のほかのどの火山と比べても、レーニアは別格だ」とスコットは断言する。

「レーニアではつねに90平方キロメートル以上の地面が、解けることのない雪と氷に覆われています」とおだやかな口調で語るのは、カスケード火山観測所所属の水文学者で、この山の氷の大きさや厚みの計測を注意深く続けてきたキャロライン・ドリージャーだ。彼女いわく、セント・ヘレンズ山が噴火した際には、その氷の4分の3がまたたく間に解け、そのせいで起きた大規模な土石流はコロンビア川にまで達したという。土石流が通ったあとには膨大な量のデブリが残り、その後、3カ月にわたって国際物流を麻痺させることになった。「それにセント・ヘレンズにある万年雪や氷の量は、レーニアのたった4パーセント程度にすぎません」とドリージャーは指摘する。「それを思うと血の気が引きます」

さらに、レーニアを覆うとてつもない厚みの氷には、一見わかりづらいがより根の深い危険が隠れている。山頂の地熱によって、つねに氷の下の部分が解け、複雑な構造を持つ地熱帯水層に水を供給しつづけている。山のなかをつねに循環しているこの温められた大量の水は、硫黄を含むガスと結合して酸を発生させ、レーニア山を内側から浸食してその構造を蝕んでいる。「山全体が化学物質の溶けた液体で〝煮込まれている〟ようなものなんだ」とスコットは言う。「そのせいで、余計にもろくて不安定になっている」

地質学者たちはこの現象を熱水変質と呼んでいるが、それがレーニア山に与える影響を認識しはじめたのは、最近になってからだ。「われわれはまだ、あそこで起きていることを完全に把握しているわけではない」と語るのは、アメリカ地質調査所に所属する地質学者で、1994年の全米研究評議会に報告書を寄稿したドン・スワンソンだ。「それにしても、あの岩がすべて熱水のせいで変質していると思うとぞっとする。それがどこまで進んでいるかを調べることが、レーニアに関する最重要課題のひとつなのは間違いない」

ただ、これまでにわかっていることのほとんどは、トム・シソンとデヴィッド・ツィンベルマンという二人の地質学者の努力によるものだ。彼らは何カ月も山にとどまって丹念な調査をし、マッピング作業を続けた。「とんでもなく大変な作業ですよ」とツィンベルマン本人も認めている。変質した不安定な岩を調べるため、二人はレーニアのなかでもとくに危険な岩場を登らなければならなかった。

そして調査の結果、レーニアの内部に浸透している強い酸が、硬い岩を軟らかくてもろい粘土に変えるというプロセスの進行具合がかなりの程度までわかった。それは、山頂の火口付近でとくに顕著だった。あたりの薄い空気には腐卵臭が漂っているが、これこそ硫化水素ガスが発生している証拠であり、それが凝縮されて水と混ざることで、レーニア山変質の元凶である硫酸を生み出す。蒸気を吐き出している山頂の噴気孔の周りを歩くと、アイゼンのスパイクに軟らかい赤茶色の塊が付くのだが、このスポンジ状の物質は、じつは熱水によって変質した岩なのだ。

ツィンベルマンとシソンは、大きく変質して粘土のようになったもろい岩の層が、帯のようにこの山を貫いていることを発見した。粘土には水を吸収して膨張する性質がある。そのため、スポンジ状に変質した岩の層が水分を吸って膨らみ、乾燥して固まると、その部分がまるで天然のバールのように周りの硬い岩を持ち上げ、山全体の構造をさらにもろくする。

そうしてレーニア山の一部がある程度までガタつけば、壊滅的なラハールの発生は不可避だ。「大きな土石流はどんなきっかけで起きると思いますか?」とツィンベルマンは問いかける。「まず、地震がそれにあたるのは間違いないでしょう。でも、もっとささいなことでも十分かもしれません。ちょっとした水蒸気爆発とかね。このあたりの岩は重力だけでも落ちてきそうなほど不安定なうえに、どんどんもろくなっているんです。最終的には、ほとんど衝撃を与えなくても小山くらいの大きさの岩が剥がれ落ちて、ピュージェット湾まで転がり落ちていくでしょう。実際、なんのきっかけがなくても、大規模な岩盤崩落はありえます。これはとてつもなく恐ろしいことですよ。巨大な物体がなんの前触れもなく、重みだけで外れて転がっていくんですから」

ピュージェット湾の南側からレーニア山を見ると、円錐形の山頂の一部が、巨大なアイスクリームスクーパーですくったようにえぐれている。その露出した崖の岩肌は黄色がかったオレンジ色の斑点で覆われているが、これは岩盤が粘土のようにもろくなっている証であり、過去にここで起きたことを示す手がかりでもある。このえぐり取られた部分はサンセット・アンフィシアターと呼ばれ、山から大きな破片が剥がれ落ちたときに何が起きるかを暗示している——そう、ここからあのエレクトロン・マッドフローが発生したのだ。

サンセット・アンフィシアターのそばの北側の斜面には、シアトルのダウンタウンから肉眼で見えるほどの、さらに巨大な崩落の跡が残っている。これはレーニア山史上最大のラハールとして知られる〝オセオラ・マッドフロー〟によってできたものだ。いまからおよそ5000年前に、なんらかのきっかけで——おそらくは地震か火口から蒸気が噴き出したか、場合によってはたんに熱水変質によってもろくなった岩が重みで落ちただけかもしれない——山の上の部分が600メートル以上にわたって裂け、崩落した。オセオラ・マッドフローの発生当時、この地域全体に火山灰がまき散らされた形跡があることから、小規模な噴火も同時に起きていたことがわかる。だが、地質学者の多くは、噴火が地滑りを引き起こしたというよりも、むしろ逆であると考えている。

オセオラ・マッドフローは、1985年にアルメロを壊滅させたラハールの60倍もの土砂を運ぶ、とてつもない大きさの土石流だった。マグマの熱で高温になった地下水をたっぷりと吸い、半ば液体と化した泥の流れが、時速160キロを超えるスピードでうなりをあげて山の斜面を滑り落ちた。

麓を過ぎ、雪や樹木で覆われた谷を〝かき回し〟つつ、ピュアラップ川に到達する頃には、時速50キロから80キロ程度まで減速したと思われるが、それでもなお、その通り道にあるすべてをなぎ払った。オセオラ・マッドフローは粘土を多く含む、地質学者たちの言うところの「粘着性のラハール」だった。密度が高くねばついたその流れは、家くらいのサイズの岩や高さ60メートルの木まで巻き込むほどで、事実、森をまるごとのみ込み、その下にある平原まで運び去っている。

概して粘着性のラハールは、粘土の含有量の低い非粘着性のものに比べて、より遠くまで流れていくうえに、破壊力も大きい傾向にある。オセオラ・マッドフローも例外ではなく、最終的には当時、現在よりもかなり東側に広がっていたピュージェット湾の湾岸にまで達した。すくなく見積もっても500平方キロメートル以上の土地を、平均7・5メートルの厚さのコンクリートのような泥の層が覆い、現在のオーティング、イーナムクロー、オーバーン、ピュアラップ、ケント、サムナー、そしてタコマの沿岸地域の一部を文字通り埋め尽くした。

仮に明日、同じラハールがレーニア山で起きたとしたら、1〜2時間程度で人口過密な平地に到達する計算になる。ケビン・スコットいわく、オーティングの住人たちは「木と岩と泥でできた〝壁〟がカーボン川に沿って時速50キロで迫ってくるのを見ることになるだろう。耳をつんざくような轟音とともに大地を震わせながらね。アルメロのときの生存者たちは、まだラハールが5キロも離れていたときに、唸るような音が聞こえて、地面が揺れるのを感じたと証言している。それでも彼らは何が起きているのかわからなかった——ただの地震と勘違いして、高台に避難することすらしなかったんだ」

そのような致命的な勘違いを避けるため、昨年2月、オーティングの消防署では、非常時の避難計画についての小冊子を約3000人の住民に配布した。土石流の発生が予測される場合、オーティング全域でサイレンが鳴り、冊子の地図に記載された経路に従って、ただちに避難を開始するよう定めたものだ。この計画とあわせて、地域の学校ではラハール警報発令時の避難訓練を定期的におこなっている。

「前回、学校で訓練を実施したときには、すべての子どもたちを15分以内に町から出してバスに乗せ、高台に避難させることができた」と語るのは、オーティング消防署の署長であるスコット・フィールディングだ。「むしろ心配なのは大人たちの方だ。われわれが『サイレンを聞いたら、車に乗ってすぐに避難してください！』と言っても、大人は事態を深刻に受け止めず、ダラダラする傾向がある。正直に言って、実際に避難してくれるのはよくて5割から6割というところかもしれない」

そのうえ、土石流が町に迫っていることが事前になんらかの形でわからなければ、避難は成功しようがないことをフィールディングも認めている。「しかし現在のところ、事前に検知するためのシステムはない。登山者の誰かがたまたま土石流が起きたのを発見して消防署に電話でもしてくれないかぎり、その先にいる人たちは大変なことになる。私自身の家は小高い場所にあるので夜も安心して眠れるが、低いところに住んでいる友人たちが心配だ」と彼は嘆く。

科学者と政府関係者は、危険にさらされている地域に、ラハールの発生を検知する電子センサーのネットワークを構築することを検討している。だが、そうしたシステムもおそらく完全なものにはならないだろう。「装置をつくるのは技術的にはとても簡単だ」とスティーブ・マローンは言う。「ただ問題は、長期にわたってそれを維持することと、何事もなく数十年――あるいは数百年が過ぎたあとに警報が鳴ったとして、人々がそれを真剣に受け取ってくれるかどうかさ」

では、この山の陰で暮らす者として、次に泥の津波が上から押し寄せてきたときに、命と財産を守るために何ができるのだろうか？　土木技師たちはレーニア山からピュージェット湾に注ぐ6つの河川のそれぞれに、巨大な防災用ダムを建設することを提案している。場合によっては、ラハールが運んでくる土砂の大半を吸収するような設計が可能かもしれないという。

だが、ワシントン州天然資源局所属の地質学者であるパトリック・プリングルは、ダムでラハールを食い止められる可能性を認めつつも、「ダムの建設や維持にはかなりの費用がかかるでしょうし、現在のような経済状況では市民がそうした出費を認めるとは思えません。実際に災害が起きるまで、人の心を動かすのは難しいんです。土石流はまれにしか起こらないので、みな、運を天に任せて、むしろ新しい野球場の建設に税金を使いたがります。それに、ダムは環境問題にもつながるでしょう」

防災ダムも、信頼できる検知システムもないとなると、リスクを減らす確実な方法は、これまでに土石流が通った記録があるところには、家や会社を建てないようにする都市計画法を制定することだろう。「しかし、そういう場所はほとんどが一等地なんだ」とドン・スワンソンはため息をつく。「その大半を立ち入り禁止区域にするというのは現実的じゃないのさ」

財政的、政治的な現実を前にして、スワンソン、スコット、プリングルをはじめとする専門家たちは、当面はレーニア山がもたらす危険をできるかぎり把握し、その知識を積極的に一般市民に共有することが最善の行動だと信じている。それに向けて、国際火山学及び地球内部化学協会はレーニア山をほかの世界中の14の山々とともに、非常に危険であり、集中的な調査を要する「防災10年火山」に指定した〔その後さらに2つの山が指定され、防災10年火山は計17となった〕。「われわれは確かな統計データを集めようとしています」とプリングルは言う。「市民がリスクを把握するのに使える実際の数字です。合理的な判断を下すのに十分な知識をみんなに与えたいんです。課題は、必要以上に脅さない範囲で、みなの注意を促すことですね」

「この種のリスクを数字で示すのはとても難しい」とスワンソンも認める。「大規模ではあるけどめったに起こらない災害を、どうやって統計的に意味のあるものとして位置づけたらいいのか。おそらくわれわれが生きているあいだには、レーニアで壊滅的な土石流が起きることはない。でも、この先、数世代以内にそれは起こる。そうなれば、多くの人がすべてを失うことになるんだ」

1996年7月『スミソニアン』掲載

エベレストにおける死と怒り

Death and Anger on Everest

長年にわたって、エベレストの登山ガイド業でもっとも利益を上げてきたのは、ニュージーランドのラッセル・ブライスという登山家が経営する、ヒマラヤン・エクスペリエンス——通称ヒメックスと呼ばれる会社だった。2012年の春、登山シーズンがはじまって1カ月が過ぎた頃、ブライスはエベレストの西方の側面に頼りなげに張り付く、幅300メートル近い氷の膨らみが、不吉にもネパール側からのメインルートの真上に位置していることが日を追うごとに気になってきた。会社が主催するツアーの客と、欧米人ガイド、そしてシェルパは、体を高地に順応させ、山頂にアタックするのに必要な高所キャンプを設営するため、その危険な氷の下を何度も登り降りしなければならない。ある日ブライスは、ヒメックスのチーフ・ガイドであるエイドリアン・バリンガー（彼がブログで「信じられないくらい速い」と評している男）が、そのもっとも危険な場所を登りきるのにかかる時間を計ってみた。以下、ブログからの抜粋だ。

危険地帯に差しかかってから通り過ぎるまで、彼（エイドリアン）は22分かかった。重い荷物を背負ったシェルパなら30分、ツアー客の大半は45分から1時間ほどかかっている。危険にさらされている時間としては長すぎるように思う。一度に50数名の人間がこの崖の下を歩いている光景にはぞっとさせられる。

この懸念にくわえて、その頃、同社が雇っているなかでももっとも経験豊富な、普段はほとんど感情を表に出さないシェルパたちが、命の危険を感じるほど山の状態が悪いと訴えてきた。なかには涙すら流している者もいた。そして2012年5月7日。ブライスはエベレストの麓のキャンプにいる1000人近い人たちにとって衝撃のアナウンスをした。ヒメックスのガイド、ツアー客、シェルパを全員、山から退避させ、テントと荷物をまとめて家に帰すというのだ。この決断は多方面から批判を浴びた。前払いした4万3000ユーロの払い戻しもないまま、世界最高峰登頂の夢をあきらめざるをえなかったツアー客だけでなく、ほかの登山隊の隊長たちもブライスの反応はあまりに大げさだととらえたのだ。ヒメックスの評判は大きく傷ついた。

だが、この前の金曜日に起きたことを考えると、彼の判断に文句は言えまい。4月18日、現地時間で午前7時をまわるすこし前、2012年にブライスにエベレスト撤退を決断させたあの氷の塊から、ビバリーヒルズのマンションほどもある氷の〝くさび〟が落下した。氷はその下の斜面に激突して、トラックほどの大きさの塊に砕けると、標高5400メートル付近にあるベースキャンプを出発し、不安定な氷柱が林立する迷路のようなクンブ氷河を苦労して進んでいるところだった50数名の登山者たちに向かって突っ込んでいく。この雪崩に巻き込まれたとき、彼らは標高5800メートル付近にいた。25名が落ちてきた氷塊に直撃され、16名が死亡。被害者全員がガイド付き登山隊のために働いていたネパール人だった。うち3名の遺体は氷の下に埋まってしまったため、二度と発見されることはないだろう。

大半のニュースでは、犠牲者は全員、ネパールの全人口のうちたったの0・5パーセントしかいない伝説の山岳民族であるシェルパ族だと報じられたが、実際には16名のうち3名は、より人数の多いほかの民族の出身者であり、1人はグルン族、1人はタマン族、そしてもう1人はチェトリというカーストに属する人だった。ただ、みな高所登山のために雇われた職業としてのシェルパ――世界中の登山家から尊敬と称賛を集める、選りすぐられた専門家集団には違いなかった。

これはエベレスト史上最悪の登山事故となった。私が著書『空へ』で取りあげ、8名の死者を数えた（しかもその悲惨な数字の半分である4名が、私のチームメイトだった）1996年5月の悪名高い嵐の、じつに倍もの犠牲者を出している。そしてエベレストでの死がシェルパという職業につきものなのは、ジョージ・リー・マロリー率いるチームが1922年にチベット側からの登頂を試み、人類史上初めてエベレストの鞍部よりも上に足を踏み入れて以来、変わっていない。この遠征の終わり頃、インドのダージリンから来た7名のシェルパが雪崩に巻き込まれて死亡している。しかも残念なことに、これだけ時間が経っているのに、この仕事は彼らにとっていっこうに安全なものにはなっていない。ジョーナ・オグレスがoutsideonline.comに投稿した記事によると、2004年から2014年までのエベレストにおけるシェルパの死亡率は、2003年から2007年のあいだにイラクに派遣されたアメリカの軍人の12倍にもなるという。

もちろんシェルパにお金を払うツアー客にとっても、エベレスト登山が危険な試みなのはたしかだ。だが、シェルパたちをとりまく不穏な状況をよそに、近年、欧米人ガイドやツアー客にとってエベレスト登山は以前よりも格段に安全になっていることをデータが示している。これには複数の要因が考えられる。ここ20年ほどで、天気予報の精度が格段に向上したこと。欧米人の登山者は、昔よりもはるかに大量の酸素ボンベを使用するようになったこと。そして標高6700メートルを超えるところまで登る場合には、デキサメタゾン——エベレスト登山につきものの、場合によっては命に関わる高地脳浮腫（HACE）や高地肺水腫（HAPE）の予防に効果的な強力なステロイド剤――を服用していることなどが挙げられる。

人類がエベレスト登頂を目指しはじめた1921年から、私がガイド付きで登った1996年までの76年間で、630回の登頂が成功する一方で144人が亡くなった。4回登頂するごとに1人が死ぬ計算だ。だがこの数字は1996年以降の18年間では大きく変化し、104人が亡くなるうちに6241回もの登頂が果たされている。死亡率は登頂60回につき1人の割合となった。しかもシェルパを除くと、亡くなったのはたったの71人であり、88回に1人ということになる。

シェルパだけが、大きなリスクにさらされつづけているのにはいくつか理由がある。まず、シェルパには十分に酸素ボンベが支給されていない。非常に高価であり、高所に保管するのにも費用がかかるうえに、彼らは欧米人と比べて高所への順応性が高いとされているからだ。また、デキサメタゾンを服用することもまずない。処方してくれる医師が村にいないからである。そしておそらくいちばん大きいのは、シェルパたちがエベレストにおける力仕事を、文字通り一手に引き受けていることだ。外資系ガイド会社の大半は、もっとも危険で肉体的にもつらい作業をシェルパに任せることで、欧米人ガイドやツアー客のリスクを軽減している。彼らのバックパックには水のボトルとカメラ、予備のジャケットとランチくらいしか入っていないのが普通だ。一方、シェルパたちは、荷上げをし、クンブ氷河にアルミ製のはしごをかけ、数百メートルにもわたってロープを張るために雇われているため、山のなかでももっとも危険な場所――とりわけ、標高5400メートル付近のベースキャンプから、5950メートルあたりまで続く、クラックが入ってグズグズになった氷がつねに動いているアイスフォールで――多くの時間を過ごさなければならなかった。以前よりも多くの酸素ボンベが使えるようになったのは、メンバーや欧米人ガイドにとっては朗報だが、それはシェルパたちが余分な荷物を背負ってアイスフォールを抜けなければならないことを意味した。

過去を振り返ると、エベレストの登山者たちは、クンブ氷河で落氷や雪崩を受けるよりも、悪天候やHACE・HAPE、疲労、滑落、あるいはそれらの組み合わせによって亡くなることが多かった。だが状況は変わりつつあるようだ。天気予報の精度が増したことで、1996年のときのような殺人的な嵐に襲われるリスクは減った。しかし近年、ヒマラヤの気候が顕著に温暖化しているせいで、アイスフォールはこれまでにないほど不安定になっているうえに、セラック（塔のように立った氷）がいつ倒れるかを予測する方法はいまだにない。そしてシェルパたちは雇用主である欧米人たちに比べて、はるかに長い時間をアイスフォールで過ごしている。

たとえば、私は1996年にこの山に登ったとき、クンブ氷河を4往復した。7300メートルの高所に徐々に体を慣らすために4月のうちに3往復し、その後8849メートルの山頂に登頂して戻ってきた。アイスフォールを合計で8回通ったわけだが、この混沌とした氷の世界を通過するのはつねに恐ろしかった。背負っているバックパックがほとんど空でも、登りには3時間以上、下りにも1時間弱かかった。一方で、登山チームをサポートするシェルパたちは、食料やプロパンガス、酸素ボンベなど、ときに40キロ近い荷物を担いで30回以上もアイスフォールを通ることを余儀なくされていた。

そのうえ最近では、私がエベレストに登った18年前と比べてもさらに、ツアー客たちがアイスフォールで過ごす時間は短くなっているようだ。欧米人ガイドとツアー客はネパールに来る前に低圧室で薄い酸素に体を慣らしておいたり、頂上へのアタックの前にヒマラヤ山脈のより安全なほかの山で高地順応を済ませるケースが増えたことで、アイスフォールの危険に身をさらす回数を大幅に減らしている。だが場合によってはアイスフォールを1往復しかしないツアー客がいるというのに、それをサポートするシェルパたちはいまだにこの危険な地帯を20回から30回程度は通らなければならない。欧米人登山者の多くは、このことに少なからず後ろめたさを感じているが、それでもシェルパたちの負担を減らすために、重い荷物を背負ってアイスフォールをもう1往復すると申し出た人は、私の知るかぎり一人もいない。

しかし、エベレスト登山がツアー客にとって安全になってきているという統計データは、欧米人に誤った安心感を与えているのかもしれない。いまでは、数少ない好天の日には、登頂を目指す登山者は驚くべき数にのぼり、それが新たな問題となっている。登山家のラルフ・ドゥイモビッツが2012年の5月に撮って物議をかもした一枚の写真には、150人以上の登山者がひとつなぎのロープにつかまり、サウスコルに向かってローツェフェースを登っていく光景が写っている。人があまりに多すぎるため、行進するようにしか進めないありさまだ。全員の体重と装備を合わせると重量はゆうに1万5000キログラムを超えている。なんらかのアクシデントが起きて、一部の登山者たちがつながったロープに一気に全体重をあずけるようなことになれば、ロープを氷に固定しているアンカーは簡単に外れ、彼らはそろって600メートル下のローツェフェースの麓まで転落するはめになっただろう。もし将来、そのような事故が起きれば（可能性は決して低くない）、犠牲になるツアー客やシェルパは恐るべき数にのぼるはずだ。

とはいえ、とにもかくにも、先週の雪崩では欧米人のツアー客やガイドからは一人の死傷者も出なかった。事故直後の現時点では、ネパール側からエベレストを登っていた登山者のほぼ全員がベースキャンプに戻り、この大惨事に向き合おうとしている。シェルパにしろ外国人登山者にしろ、ほぼ全員がかつてないほど多くの人命が失われたことに動揺していて、すくなくともひとつの登山隊が山からの撤退を宣言した。外国人のツアー客にとって、いま帰国することは、前払いした5万ドルから9万ドルにものぼるエベレスト登山のガイド料の大半（あるいは全額）が戻ってこないことを意味する。ただ、ガイド付きの登山を成り立たせているシェルパたちがたった数週間分の賃金しかもらえないというのは、相対的に見て、経済的な影響はさらに大きい。

シェルパたちの稼ぎは、登山への適性や経験、外国語能力、上げ下ろしをする荷物の量、そして、顧客がどの程度気前よくチップをはずむかによって変わってくる。ただ、3月下旬にはじまっておおむね6月上旬までには終わるエベレスト遠征1回あたり、2000ドルから8000ドルくらいの報酬を手にするのが一般的だ。もしシェルパが仕事中に死亡した場合、雇用主が加入を義務づけられている保険によって、遺族には100万ルピー（およそ1万500ドル）が支払われる。どう考えても、賃金にしろ保険金にしろ、負っているリスクと釣り合うものではない。しかし、国民の年間平均所得が600ドルにも満たないネパールでは、この程度の報酬を得るためにすすんでこうしたリスクをとろうとするシェルパは多い。

しかしながら、4月20日。エベレストのベースキャンプで感情をむき出しにした侃々諤々の議論が何度かおこなわれたあと、シェルパたちは自分たちの突きつけた13の要求をネパール政府が1週間以内にのまなければ、ストライキを決行すると宣言したのだった。仕事をやめると彼らが言いだしたのは、今回の雪崩で亡くなったシェルパの遺族に、ネパール政府が葬儀費用として支払う補償金がたったの4万ルピー（400ドル少々）だったことに怒ったからだった。

シェルパ側の要求は、この補償金を1家族あたり約1000ドルに引き上げること。重度の障害を負った者に1万ドルを支給すること。政府が外国人登山者から徴収している1万ドルの入山料の一部を使って、常設の救済基金を設立すること。登山ガイド会社から支払われる保険金を現在の倍の2万1000ドルにすること。登山ガイド会社は、2014年のエベレスト登山を現時点で中止したとしても、残りの期間の賃金を支払うこと。そして、カトマンズに亡くなったシェルパの慰霊碑を建てること、などであった。

ここ数日でシェルパたちが表明した怒りと憤りは、過去に類を見ないものだ。4月20日、この月のはじめにミンマ・テンジンという名のシェルパをHAPEで失ったピーク・フリークスという登山ガイド会社のオーナーである、ティム・リップルとベッキー・リップルはブログで次のように述べている。

前の投稿でも言ったように、シェルパたちは怒りを爆発させ、自分たちにも富を分け与えるよう主張している。いまではエベレストで働くシェルパが増え、ネパール政府がエベレスト登山によってどれだけの収入を得ているかを知るようになったため、分け前を要求しているわけだ。この悲惨な状況下で、ついに彼らの番がきた……。いずれにしても、事態は複雑さを増し、現場の緊張は高まっている……。ピーク・フリークスはどのような形であれ、シェルパの人たちへの支援を惜しまない。彼らは家族であり、兄弟であり、エベレストの頼れる用心棒なのだ。われわれはここではシェルパの導きに従って行動する、ゲストにすぎないのだから。

２０１４年４月21日『ザ・ニューヨーカー』掲載

火星への降下

Descent to Mars

うつぶせで目を覚ますと、そこは土の上だった。ひどく汗をかいている。あたりは、目を開けても閉じているのと変わりないほどの真っ暗闇だ。ぼんやりとしたまま、背筋を伸ばして座りなおし、自分がどこにいるのかを思い出そうとする。そしてふいに襲ってきたパニックの波にのまれそうになるのを、必死にこらえた。私はいま、狭くて入り組んだ迷宮であるレチュギア洞窟の深奥、地下300メートルのところにいるのだった。

寝袋のなかから手探りで懐中電灯を取り出して、スイッチを入れる。すると天井の低い、駐車場ほどはあるドーム状の空間が広がっていて、周囲にはありえないほどの数の石灰石の突起が突き出しているのがわかった。近くにはほかに9人の人間が寝そべっている。うち、クリス・マッケイ、ペニー・ボストン、ラリー・レムケの3人は、この不気味な冥府の世界に降りてきたNASAの科学者たちだ。その理由についてマッケイは、「火星に生命が存在するかどうかを知りたいから」と一見よくわからない説明をしていた。

ここまで来るのは決して簡単ではなかった。ミッションの開始は2日前。ウチワサボテンと、この洞窟の名の由来にもなったレチュギラというリュウゼツラン科のとげのある植物に覆われた、灼熱のニューメキシコ州の丘陵地がスタート地点だった。カールズバッド国立公園内の洞窟群から数キロ離れた場所に、ひっそりとその口を開けているレチュギア洞窟は、いきなり背筋も凍るような垂直の縦穴になっている。ヘルメットとヘッドランプ、登山用ハーネスを身につけ、20キロを超えるバックパックを背負ったわれわれは、ボロボロのロープを体にくくりつけると、入り口の縁からそろそろと後ろ向きに足を動かして、垂直降下で一人ずつ暗闇へと降りていく。するとたちまち、ここがこれまでに経験したことのない異質な空間なのがわかった。

現在では地球上でももっとも見どころにあふれた、地質学的に特異な洞窟のひとつとして知られているレチュギアだが、9年前までは、入り口から30メートルほど続いている縦穴の先には何もないと思われていた。しかし、遊びで潜った探検家たちが、洞窟の底に積み上がった岩の奥から異様な風が吹いているのに気づいたことで、さらに先まで掘り進めることを決意した。そして1986年5月25日、あしかけ10年にもおよぶ掘削の末、3人の男が最後の岩を取り除き、〝地球のはらわた〟へとつながる細くて曲がりくねった通路を発見した。

この発見をした3人組の一人が有名な洞窟探検家であるリック・ブリッジスであり、昨年の12月にNASAのチームがレチュギア洞窟に潜った際にも案内役を務めている。その道のりは長くて厳しいものだったそうだ。洞窟内の気温はつねに20℃ほどに保たれており、当初は快適であるかに思われたが、湿度は100パーセント近く、すこし体を動かしただけで滝のように汗が噴き出して衣服を濡らし、決して乾くことがなかったという。

いま、われわれはすべての食料と装備を背負ったまま、トラックほどもある大岩がゴロゴロしている場所を乗り越え、狭くて細長い穴をトカゲのように這いずり、底が見えない大きな裂け目の上を天井にぶら下がりつつ進んでいる。時にはロープや洞窟探検用の道具を使って、いたるところに開いている縦穴を垂直降下することもあった。5日目に地上に戻るには、降りてきたときに残してきたロープをたどるしかないとわかっていたので、深く潜れば潜るほど不安が増していく。

持ち物のなかでいちばん大切なのは、バッテリー式のヘッドランプだった。実際、われわれは各自すくなくとも2つずつ予備のランプを準備していた。灯りが切れてしまえば何も見えず、なすすべなく立ち往生することになるからだ。レチュギア洞窟はこれまでに全長130キロにもおよぶ通路が発見されている天然の迷路であり、まるで三次元空間にからまったスパゲッティを配置したかのように複雑だ。地層がつくった蜂の巣状の通路を、ブリッジスの案内で縫うように進んでいく。

ただ、危険でいっぱいのこの洞窟は、同時に幻想的な美しさも備えている。狭くて曲がりくねった通路を抜けると、突然、マディソン・スクエア・ガーデンほどもある広大な空間が開けていて、その壁は白い水晶のような輝きを放っている。浅い水たまりの底には乳白色の〝洞窟真珠〟が固まっていて、低いトンネルの天井を、ガスによって膨らんだ壊れやすい水苦土石（すいくどせき）（炭酸マグネシウムをおもな成分とする含水鉱物。菊の花のような形をしている）の風船が飾っている。もろい石膏の〝シャンデリア〟が上からクリスマスツリーのようにぶら下がっている場所もある。どこを見ても何かしらの不思議な飾り付けが目に入り、あたりにはこの世のものとは思えない幻想的な雰囲気が漂っている。

しかしＮＡＳＡのクルーたちはこうした絶景には興味がないようだった。むしろ、彼らをひきつけたのは、この洞窟のなかでももっとも醜いものだった。それは、この洞窟には珍しく、先ほど挙げたような〝飾り〟が比較的すくないエリアを覆っている、一見、汚らしい泥のような「腐食残留物」と呼ばれる物質だ。洞窟探検家たちが〝ゴリラの糞〟と呼ぶ、触ったら体が汚れてしまうような代物に、マッケイ、ボストン、レムケの３人の科学者たちは強く興味をひかれており、じつのところ彼らがレチュギアを訪れた唯一の理由と言ってよかった。この腐食残留物こそ、火星の謎——とりわけ、あの赤い星に生命が存在するかどうか——を解く鍵になりうるものだと、彼らは考えている。

「君たち洞窟探検家はさ」とブリッジスに話しかけたのはマッケイだ。「地下に5日間も潜って全身泥まみれになったり、20キロ以上あるザックを担いで崖を下ったりするのが楽しいんだろ？　病気だね。同情するよ。いつかその病気を治す方法が見つかるといいんだが。俺たち3人はちっとも楽しくない。いますぐ家に帰りたいくらいだ。でも、腐食残留物にはワクワクさせられる。火星について何か教えてくれるかもしれないんだから。わざわざこんなところまで降りてきてみじめな思いをして、豚みたいにうめき声をあげてるのは、とにかく研究のためさ」

火星の写真からは、かつては水が流れていて、大昔にはかなり分厚い大気があった可能性が見てとれる。ただ、いまとなっては気温はひどく低く、液体としての水は存在しない過酷な環境に変わっており、大気も極めて薄くなっている。「火星の地表は、いかなる種類の生物にとっても極めて厳しい環境に思えるね」とマッケイも言う。「もし火星に生命が存在するとすれば、おそらく地下だろう。強烈な紫外線からも守られるし、場合によっては火山の熱で地面の下の氷が溶けて水があるかもしれない。とはいえ、太陽の光も届かないし、有機物もないわけだから、もし生物がいるとすれば、すべてのエネルギーを鉱物から得るしかない」。これは要するに、火星の生命体は岩を食べる、ということだ。

そのような生き物は、じつは地球にも存在する。生物学者が「独立栄養生物」と呼ぶそうした生物は、海底の熱水噴出孔の周りなどに生息していることが確認されている。生態についてはまだわかっていないことが多いが、マッケイ、ボストン、レムケの3人は、同じような生物が火星の洞窟に――そして、このレチュギア洞窟の深奥にも広く生息しているのではないかとにらんでいる。

レチュギア洞窟の奥深くでは、普段の生活にある種の秩序を与えてくれている基本的な要素の多くが欠落している。天気もなければ、地平線もなく、雑音も、日の出も日の入りもなく、いまが何年何月何日の何時なのかを知るすべもまったくない。視覚的な手がかりがないため、ここにいると時間の感覚がおかしくなってくる。午前10時に寝袋から這い出してきたラリー・レムケ――NASAのエイムズ研究センターに所属する47歳の小柄なエンジニア――は、「私の体内時計はもう狂いはじめています。火星の1日が24時間半であるように、ここでは1日が25時間あるような感じがします」と言った。

ここまでの険しい道のりでこわばった体と、すっきりしない頭を抱えながら、朝食をとるため、チームの全員が砂利だらけの小さな丘の上に集合した。発見者である洞窟探検家が〝ディープ・シークレット〟と名付けたこの場所は、これから4日間、この探検のベースキャンプとなる。私は昨日の夕食の残りであるフリーズドライのチリコンカンにかぶりついた。美味いわけではないが、食べてしまわなければ地上まで運ぶはめになる。洞窟内の環境を保護するため、持ち込んだものはすべて持ち帰らねばならない。自分たちの排泄物もすべて、ジップロックで厳重に封をして運び出す。

われわれはいま、外の世界と切り離され、孤立している。それが何を意味するかはみな、よくわかっている。1991年に、エミリー・モブレーという経験豊富な女性洞窟探検家がこのディープ・シークレットからそう遠くない場所で、転がってきた大きな岩に足を潰され、腓骨を骨折。180人もの人員を使って4日がかりで救助される事態を招いている。

チームが単独で行動し、すべての問題を自ら解決しなければならないという点において、これは宇宙の旅に似ていると、NASAで火星探査ミッションのシミュレーションを何度も手がけたレムケは言う。「この洞窟は外とは別世界で、独自の掟と危険があります。ここで生きていくのは大変です。それが、太陽系の真ん中で難しい研究を進めるのに役立つ、実践的なヒントを与えてくれるんです」

今朝の調査は、ベースキャンプからせいぜい400メートルほどしか離れていない場所でおこなわれる予定だが、それでも現場にたどり着くまでの道のりは、レムケにとって十分な〝勉強〟になるほど困難に満ちている。私たちは調査用の道具を詰め込んだバックパックを背負って、「カオスの要塞」と呼ばれる通路に足を踏み出したが、それはまるで、巨大なスイスチーズの穴のなかをのたくりながら進むようなものだった。なんとか通路のいちばん高くなっているところにたどり着くと、頭上の穴からロープが垂れ下がっていた。そこには小さなレンチのようなパーツがついていて（これは「アセンダー」と呼ばれる、上には自由に動くが、体重をかけても下には落ちないようにしてくれるもの）、私たちはロープをたぐりながら必死で体を引き上げていく。

砂糖のように白い石膏の結晶で飾られた〝煙突〟を抜けると、巨大な岩が不安定に積み重なる空間が広がっていた。そこが全体的に茶色い腐食残留物の膜で覆われているのを目にしたマッケイとボストンとレムケは、歓喜の声を上げた。

40歳のクリス・マッケイは、2メートル近いひょろ長い体に無精ひげを生やした皮肉屋だ。41歳のペニー・ボストンは小柄でおしゃべりな女性で、カールしたブロンドヘアが無造作にヘルメットからはみ出ている。どちらも運動が得意には見えないし、スリルを求めるタイプでもなさそうだが、それでも妻や夫と幼い子どもを置いて、レチュギア洞窟にやってきた。

二人とも地下に潜るなんてぞっとすると口では言いながら、なぜわざわざやってきたのだろうか？　たんに経験豊富な洞窟探検家たちに頼んで、腐食残留物のサンプルを採取させ、研究室に届けてもらえば済む話なのではないか？　そうすればこんな狭い場所に閉じ込められることもなかったはずだ。

ただ、この問いは「フィールドワークの本質に関わるものだ」とマッケイは言う。「なぜほかの人に頼まないのかって？　はっきりとは答えられないけど、それじゃうまくいかないのはたしかだ。現場での経験は何物にもかえられない。その環境を実際に体験して、自分の目で見て、意識的にも無意識にも、全身で感じるのがすごく大事なんだ。誰かに代わりに行ってもらったんじゃあ、わかるものもわかりゃしないし、サンプルを集めながらその場で話し合うこともできない」

そのため過去15年にわたって、マッケイはモンゴルのゴビ砂漠や、チリ、シベリア、カナダの北極圏、南極大陸のドライバレーをはじめとする人里離れた荒涼たる場所に何度も足を運んできた。そうすることで、彼とＮＡＳＡの同僚たちは、火星の生命について考察するうえで、計り知れないほど多くのヒントを得てきたのだ。

「ちょっと考えればわかるだろうけど」と彼は言葉を続ける。「この問いは、火星に人を送るかどうかの話し合いでもしょっちゅう持ち出される。ちなみに俺は送るべきだと思ってるよ。だって、本当の意味で自分たちが何を探しているかは、行ってみなきゃわからないんだから。科学は、科学者の直感によるところが大きい。大事なものっていうのは、見ればわかるもんさ」

マッケイとボストンは、１９７２年にフロリダ・アトランティック大学で、飛び級生同士として出会って以来の親友だ。二人とも子どもの頃から宇宙に夢中で、１９７６年にバイキング1号・2号が火星に到達したとき、その憧れは、太陽系第四の惑星への具体的な情熱へと変わった。「バイキング号の着陸にはものすごくドキドキしたのを覚えてるの」とボストンは語る。「バイキング号のおかげで、火星に生命に必要な要素がすべてそろっているのがはっきりした」とマッケイも言う。「でも生物は見つからなかった。灯りはついているのに家には誰もいないというわけさ。それがかえって俺たちの興味をひいた。昔は火星に生き物はいたんだろうか。これから生まれることはありうるんだろうか、って」

バイキング号が火星に着陸したとき、二人はともにコロラド大学の大学院生だった。そして1981年、ほかの6人の火星マニアの学生とともに、「ケース・フォー・マーズ」と名付けた野心的な協議会を発足させた。おもな目的は、火星の有人探査についての議論を進めることだった。

「でも、私たちはただの学生の集まりにすぎなかったわ」とボストンは言う。「予算もなければ、影響力もない。そこでまずは有名な火星の研究者に電話をかけて、会議に招待することにしたの。そしたら驚いたことにコンウェイ・スナイダーやベン・クラークといった大物が来てくれることになったのよ」。会議は大成功に終わり、そのあと3年ごとに開催されることになった。そして、非公式の存在ながら、この熱意あふれる協議会の周りに、火星の研究者と航空宇宙エンジニアのネットワークが形成されたのだ。この頃、火星探査の実現を大目標として掲げたこのグループは、自らを「マーズ・アンダーグラウンド」と称するようになっていた。

ただ、マッケイいわく、マーズ・アンダーグラウンドが火星に人を送り込もうとしたのは、たんに壮大な冒険やお題目の実現を目指してのことではないという。みな、このプロジェクトは、おもに国威発揚を旨としたアポロ計画以上のものでなければならないと固く信じていた。「ただ火星に到着して『やあ！』と言って戻ってくるだけじゃだめなんだ」と彼は言う。「俺たちはあの星でちゃんとした研究がしたい。火星に生命は存在するのか、過去に存在したことがあったのかを知りたい。この太陽系に俺たち以外にも生命体がいるのがわかったらどうなるか、想像してみてほしい。いまの生命に対する理解は大きく変わるはずだ」

上から下まで〝ゴリラの糞〟で覆われた、人間ほどの高さもある巨大な石灰石を目の前に、ペニー・ボストンは、実験用スライドを4枚取り出して、そこにある小さな出っ張りの上に置いた。あとで回収して、バクテリアが定着しているか確認する予定だ。その隣ではマッケイが、茶色がかったオレンジ色のふわふわとした腐食残留物をアーミーナイフで削り取り、携帯式の電子pHメーターに載せている。1・3という数値を見て、「おお、これは酸性だ。どうりで石灰石が溶けるわけだ」と大声を上げた。

腐食残留物は、洞窟内の比較的高い位置——上に昇ろうとする暖かい空気と冷たい岩がぶつかる場所で見つかることが多い。そしてこれまでは、湿度の高い酸性の空気と水溶性の石灰石による無機的な化学反応の副産物だろうといわれてきた。だが、マーズ・アンダーグラウンドのメンバーたちは腐食残留物を生物由来のものだとする、まったく異なる説を唱えている。「私たちの仮説は」と、ボストンは周りの岩を覆っている茶色いベトベトを指さしながら言う。「この汚らしい物質はすべて、この洞窟に固有の微生物がつくりだしたものじゃないか、というものなの」

1980年代の後半にレチュギア洞窟が初めて探査されたときには、実質的に無生物状態であると考えられていた。入り口はがれきでふさがれていたため、洞窟探検家たちにも見つからなかったし、外界からも見事に遮断されており、事実、洞窟内の水には地表の汚染物質がまったく混入していなかった。分析してもトリチウムが検出されなかったのだ。これは、現在ここにある水はすべて、1940年代から50年代にかけて盛んにおこなわれた核実験よりも前に、洞窟内に浸透したことを意味する。

初期の探検家たちは洞窟内で、迷い込んだ数匹のコウモリの骨や、先史時代のものと思われるラクダ科の動物の化石などを発見したが（これは大昔にはこの洞窟に地上から進入できたことを示している）、この迷宮のさらに深い部分には生命の痕跡はまったくないように思われた。

だが、1990年に政府機関所属のキム・カニンガムという地質学者が、驚くべき発見をした。レチュギア洞窟で採取した方解石（炭酸カルシウムが結晶化した鉱物）の塊を走査型電子顕微鏡で調べているときに、独特なフィラメント状の筋が入っていることに気づいたのだ。「キムは生物学者ではなかった。でもとても賢い青年で、これがある種の微生物の化石にとてもよく似ていると考えたの」とボストンは言う。

そのあとすぐ、ラリー・レムケの家で、テレビでナショナルジオグラフィックのレチュギア洞窟特集の番組を見ていた妻が、「ラリー、こっちに来てこの番組を見た方がいいわよ」と隣の部屋にいる夫を呼んだ。おかげで彼はカニンガムの発見が取りあげられているシーンに間に合った。「すぐにピンときました」。そのあと国際電話で、レムケ、マッケイ、ボストンにカニンガムを交えた、長い話し合いがおこなわれた。その結果、レチュギア洞窟で微生物を探す、NASAのミッションが実現したのだった。

微生物は、体は小さくても、何かを〝食べる〟必要がある——要するに、外からエネルギーを取り込まなければならないわけだ。「ほかの洞窟ではたいてい、微生物は有機物を食べている。コウモリの糞とか、外から流れ込んでくる栄養分とかね。でもレチュギアの面白いところは、地上から隔絶されているせいで、光合成のための光も届かないし、有機的なエネルギー源もないことだ。つまり、ここにいる微生物は、無機鉱物を代謝する必要がある」とマッケイは説明する。

世界中の石灰岩洞窟の多くは、弱い酸によってあたりの岩盤が溶けることによって形成される。レチュギア洞窟が特殊なのは、近くの油田から硫化水素ガスとして浸透してきた硫酸によってつくられたと考えられるところだ。ここには石膏が大量に堆積しているが、それは硫酸が石灰石を溶かしたことによる。また、硫黄もたくさん見つかるが、それもまたこの反応の副産物だ。

マッケイたちは、この豊富な硫黄が複雑な微生物生態系の重要なエネルギー源になっているという仮説を立てていて、大量の腐食残留物の存在こそ、その動かぬ証拠ではないかとにらんでいる。腐食残留物を、岩を食べる無機栄養細菌が出す有機性排泄物だと考えているのだ。要は、この洞窟の壁を覆っているのは〝ゴリラの糞〟ではなく、〝細菌の糞〟なのではないか、と。

マッケイとボストンは、キム・カニンガムと生物学者のラリー・マロリー、ダイアナ・ノースラップの先行研究をもとに、この仮説を証明すべく研究を進めている。今回を含め、レチュギアでの実地調査を重ねることで、洞窟のさまざまな場所で培養した微生物を採取し、実験室でどのような種類が生息しているかを特定し、それぞれの関係性を確認する予定だ。その答えは最終的には、彼らが解明したがっている真の謎への大きな手がかりとなる。「要は、そういう微生物は火星にもいるんじゃないかってこと」とボストンは言う。

ただ、そうした生物が火星にいるかどうかはもちろん、レチュギア洞窟の腐食残留物が微生物が生み出したものであるのを証明するのも、まだまだ先のことになりそうだという。ディープ・シークレットのベースキャンプに戻り、しゃがみ込んで、水で戻したチキン・テトラッツィーニの夕食をとりながら、「火星に現在、微生物がいるか、過去にいたかを確かめるために、人間を送り込むというのはとても大変です。行って帰ってくるのにすくなくとも600日から1000日ほどかかりますからね。技術的なハードルも大きいでしょう」とレムケは語る。たとえアメリカが、火星への有人探査を国家の優先課題に掲げて早期実現を目指したとしても、「早くても15年はかかるでしょうね。それにいまのところ、火星探査は優先課題じゃない。だからこの研究に使える予算は限られてるの」とボストンも言う。

「実際、私たちは危機的状況にあると思います」とレムケは訴える。「宇宙計画は長いあいだ、冷戦の手段のひとつでした。みな、ロシアに追いつき追い越せで月に行くためにアポロ計画を進め、国民的なイベントとして国全体が盛り上がりました。でも、その競争に決着がついたことで、国家としてこれ以上宇宙開発を続けるメリットがあるのかどうか自問自答するタイミングに来ているんです。その問いにはまだ、答えが出ていないと思います」

意外にも、赤い惑星に変わらない情熱を持ちつづけてきたレムケ、ボストン、マッケイの3人とも、有人探査計画を焦って進めるのは間違いだという意見で一致している。「デメリットが多すぎるわ」とボストンは言う。「アポロ計画のときのように、ただそこに行くのが目的というふうにはなってほしくない。もっと意味のあるものにしたいのよ。だからじっくり考えながらゆっくりと進めるのがいいと思う」

　ゆっくり進めるのはいいと思いますが、とレムケが口を挟む。「それには長期にわたってプロジェクトのゴールに国民が関心を持ちつづけてくれれば、という条件が付きます。ほかにもお金のかかる計画がたくさんあるなかで、それはかなり難しいことです」

「そこで、いまこの洞窟でやっていることに話は戻るのさ」とマッケイが言葉をつなぐ。「俺たちの仕事のひとつは、明確なゴールを設定すること――つまり、『なぜ火星に行く必要があるのか』という問いに答えることだ。そして、『生き物を探すため』ってのがベストな回答だと俺たちは思っている。わかりやすいし、みんな興味を持つだろ。こんなレチュギアみたいなところまで来て、変わった生き物を掘り出して、『みんな見てくれ。面白いだろう。これはもしかしたらほかの星にもいるかもしれないんだぜ』って言えば、火星に行こうっていう気分が盛り上がるかもしれないからな」

　いまこの洞窟にいる誰一人として、火星に行くのが（政治的にも、それ以外の理由でも）簡単だとは思ってはいない。だが、みな辛抱強いうえに覚悟が決まっており、レチュギア洞窟への旅はその熱意をさらに燃え上がらせることになった。１９９８年にＮＡＳＡは、ふたたび無人探査機を火星に着陸させる予定だが、マーズ・アンダーグラウンドの面々は、その船に掘削装置を付けるよう積極的に働きかけている。火星の地下の環境について、すこしでも調査できるようにするためだ。

マーズ・アンダーグラウンドの研究活動の展望について、ボストンは「全体としてすごく充実してるし、盛り上がってきたわ」と言いながらも、「ここでの調査は、火星で生命体とその痕跡を探そうとしている人間にとってはすごく勉強になると思う。すぐに相談できる同僚たちがいて、高度な設備を備えた実験室がある地球ですらこんなに大変なんだから。それにレチュギアに命が存在することをほかの科学者たちに納得させるのもまだまだこれから。将来、火星に人が降り立ったとして、そこで同じことを証明するのはどれほど大変かしら?」


NASAのチームの先頭を切って、レチュギア洞窟の奥底から長い登攀をはじめて数時間。曲がり角を越えたところで、私はとても奇妙な感覚を覚えた。不意を突かれたため、それが何なのか認識するのに数秒かかった――涼しい風が泥で汚れた汗まみれの肌をなでたのだ。すこし進むとさらに不思議なものに出くわした。頭上の曲がりくねった裂け目から、一条の光が優雅にもその姿を見せたのである。地上が近い。

最後の関門は、20メートル近いオーバーハングを越えて、コウモリの糞にまみれた入り口の穴から這い出ることだ。ぶら下がった最後のロープをよじ登るのは大変だったが、地下世界から脱出できる開放感からか、息切れや腕のひきつりもほとんど気にならなかった。そしてちょうど正午になる直前、私は入り口の縁を乗り越え、ニューメキシコ州の日差しのなかに戻ってきた。

胸に顔に太陽の光が降り注ぐ。砂漠の空気を目いっぱい吸い込み、ヨウシュネズとセージの香りを味わった。光に飢えていた瞳に押し寄せる色の洪水——空の青、サボテンの淡い緑、雲のクリーム色のすべてが、刺激的かつ夢のようであり、圧倒された。思わず喜びの声が漏れる。もっとも警備が厳重な刑務所から脱獄を果たしたような気分だ。

普通の環境の素晴らしさを再確認しながら、ふと、自分は火星へのミッションから帰還した宇宙飛行士の気持ちをすこしでも味わったのだろうか、と思った。だが考えてみれば、私がこの世界を離れて地下にいたのはたったの5日間だ。なんてことだろう。ほんの1週間足らずでこれほどやられてしまうなら、2年も3年も旅をしてから地球に戻ってきたら、いったいどうなってしまうのか?

1995年11月『スミソニアン・エアー&スペース』掲載

転落のあと

After the Fall

1986年8月22日。ワイオミング州西部、ジャクソンホールの雲ひとつない空に朝日が昇る。ティトン山脈は絶好の登山日和になるだろう。ジム・ブリッドウェルはベッドから這い出ると、コーヒーのポットを火にかけた。〝ヨセミテの将軍〟の異名をとる、エル・キャピタン〔ヨセミテ国立公園内にある世界最大の花崗岩の一枚岩〕を1日で登りきった最初の男であり、悪名高いアラスカのムースズトゥース東壁の初登頂者。地球上でもっとも恐ろしい岩壁を制覇してきた歴戦の勇者であるブリッドウェルだが、今年はエクザム・マウンテンガイドサービスとスクール・オブ・アメリカンマウンテニアリングという2つの登山スクールでツアー客を相手にロッククライミングの基礎を教えるという比較的平凡な夏を過ごしていた。午前8時半、エクザムのオフィスに電話をした彼は、この朝、グランドティトンへの2日間のツアーに出発するはずだったグループ客からキャンセルが入ったことを知る。良くないニュースだった。つねに金欠で、借金取りに追われている身には手痛い収入減だ。

しかし1分後に電話が鳴り、今度は運が良い方に転んだようだった。いますぐロッククライミングの中級者クラスを教えるガイドが必要なのだが、興味はあるか？「もちろん」。迷わずそう答えると、コーヒーを飲み干して登山道具をひっつかみ、エクザム・マウンテンガイドサービスの〝本社〟――といってもジェニー湖の湖畔にある小さな山小屋なのだが――へと急いだ。

受講者は男性4人で、みな友人同士だった。最年長はヒューストンから来た41歳の弁護士で、愛想が良く、がっしりとした体格のエドワード・キャリントン。1967年から1969年までアメリカンフットボール・リーグのヒューストン・オイラーズでタイトエンドとしてプレーしていた大男だ。全員が危険を承諾する旨の書類にサインをし、ヘルメットとハーネスを身につけたのを確認したあと、ブリッドウェルは彼らとともにボートに乗って、ジェニー湖西岸、ヒドゥン滝のそばにある、スクールでよく使う練習用の岩場に向けて出発した。4人の受講者たちは、おそらくアメリカの登山界でももっとも過激で知られるクライマーから教えを受けることにすこし驚きつつも、これからはじまるクライミングについて陽気に軽口をたたき合っていた。

このときはまさか、エドワード・キャリントンがこの日のうちに、いまだにはっきりとした原因がわからない不可解な事故で死んでしまうとは、誰も思ってもみなかった。アメリカ山岳会の調査によれば、アメリカでは毎年25人から40人ほどが登山中の事故で死亡しているという（保険統計の専門家によれば、この死亡率は芝刈機の運転よりやや低いとのこと）。もちろんこうした悲劇は遺族や友人をひどく悲しませるが、ほとんどの場合、それ以上の問題に発展することはない。だがキャリントンの死は、この国の最古かつ最大の登山用品メーカーの創設者であるイヴォン・シュイナードが、看板を下ろし、事業からの撤退を決断する契機となった。さらに、その後のアメリカの登山界に、法的、金銭的な影響を与えつづけることにもなったのだった。

アメリカ合衆国国立公園局の資料によれば、ジム・ブリッドウェルの講習は開始の時点ではなんら変わったところはなかったという（ブリッドウェル自身はこれについてはコメントしていない）。受講者たちはその朝、練習用の岩場で、基本的なロープの結び方、ビレイ（安全確保）のとり方と金具の固定法などのおさらいをしながら、短いクライミングを2本こなすという上々の滑り出しだった。昼食のあと、それぞれの体をロープでつないだ彼らは、ブリッドウェルの先導のもと、エクザム・マウンテンガイドサービス中級者コースの総仕上げにあたる、「ホール・イン・ザ・ウォール」と呼ばれる難易度5・7の3ピッチのルートにとりかかる。最初の2ピッチは順調に進み、午後2時、5人の男たちはこのルートの名前の由来でもある、花崗岩の壁に深く刻まれた穴にできたレッジ（足幅程度の狭い岩棚）の上に身を寄せ合った。頭上の難所をどう攻略するかに頭を悩ませている初心者クライマーにとっては、狭苦しいうえに無防備で恐ろしい場所だ。実際、キャリントンも怖いと漏らしている。

ブリッドウェルは彼を慰めたあと、全員がしっかりとアンカーにつながれていることを確認すると、穴から出て、最後の急斜面を登り、ルートのてっぺんにたどり着いた。次にロープにつながっているのはキャリントンだ。彼は3人の仲間に「装備をチェックしろよ！」と声をかけたあと、ピンと張ったロープで安全を確保しながら登りはじめる。だが、小さな出っ張りに手をかけてぎこちなくリッジを出発したあと、穴からいくらも行かないうちに「つかんでくれ！」と叫ぶと、仲間たちの目の前で急に岩肌から手を離してしまった。だが、あらかじめこうした事態を想定していたブリッドウェルがすぐにロープを締めたため、せいぜい50センチ程度滑落しただけで済んだ。

いったん安全な穴に戻ったキャリントンは、心を落ち着けてもう一度挑戦した。ふたたびぎこちなくリッジから這い出したものの、穴から1メートルも行かないうちにまたしても岩肌から手を離してしまった。そのとき10メートルほど上にいたブリッドウェルは、彼が「落ちる！」と叫ぶのを聞いた。

「一瞬、ロープが強く引っ張られたが、そのあとはなんの手応えもなかった」。国立公園局の調査官に対して、ブリッドウェルはそう答えている。「だから、エド（キャリントン）が岩に取り付いたのかと思った。でも何かが違う。そう思って下を見たら、彼が落ちていくところだった」。ぞっとしたブリッドウェルの目に映ったのは、なぜかロープから切り離されたキャリントンが、岩肌にぶつかって跳ね返る姿だった。落ちはじめた瞬間はまっすぐな姿勢を保っていたので、何かにひっかかって何事もなかったかのように元の状態に戻れるのではないかと思えた。だが、ほどなくして、崖に激突して逆さまになった彼の体は人形のように回転し、何度も岩壁にぶつかってシャワーのような落石を引き起こしながら、地面に向かって勢いよく落ちていった。崖の下までだけでは済まず、山の麓でピーター・レヴというインストラクターの周りに集まっている、何も知らないほかのクラスの受講者のところまで吹っ飛んでいくのは間違いなかった。

ブリッドウェルはショックを受けながらも、なんとか下にいる者たちに警告を発する。それに気づいたレヴ（エクザム・マウンテンガイドサービスの共同オーナーでもある）は、4人の受講生に逃げろと叫ぶ。「本当に恐ろしかった」と、いまだにそのときの記憶にさいなまれている彼は振り返る。「キャリントンはとても体が大きくて、体重は90キロを超えていた。実際、彼が落ちたとき、地面が震えたよ。すんでのところで身をかわしていなければ、私は死んでいただろう」

キャリントンの体は50メートルほど滑落し、崖の下で一度跳ねて、その下の木の枝にひっかかった。レヴは生徒の一人をジェニー湖のほとりのボートデッキまで助けを呼びに行かせると、キャリントンのもとに駆け寄る。ほどなくして救急救命士の訓練を受けた生徒も駆けつけた。キャリントンは頭にひどい傷を負っており、生体反応がまったくなかった。ブリッドウェルの生徒たちも一人ずつ、レッジからラペリングで降りていく。最初に地面に降り立った、被害者の義理の兄であるジェームス・マクラフリンに、レヴはこう告げざるをえなかった。エドワード・キャリントンは、この転落によって明らかに首が折れ、亡くなっている、と。

この事故が起きたとき、キャリントンは、エクザムのほかの生徒と同様、シュイナード・イクイップメント社製のカルプ・アルパインハーネスを身につけていた。クライミング用のハーネスとしてはスタンダードな、それまでとくに問題があるとはされていなかったものだ。キャリントンが落ちた直後、ブリッドウェルは穴のなかで呆然としている生徒たちと合流するために、ルートの上からラペリングで降りていった。すると岩肌からくぼみのなかに視線を移したとき、キャリントンのハーネスがまだロープにぶら下がったままなのを見つけた。そして穴のなかに引き込んで一瞥すると、くそっ、と言って投げ捨てた。ハーネス自体は無傷だったが、キャリントンの腰に固定されているはずのストラップが、金属製のバックルから完全に抜けていたのだ。二度目に滑ったとき、彼がなんのひっかかりもなく、いきなり落ちてしまったのはこのせいだった。ただ、このハーネスは、本来はバックルが外れたとしても機能するようにできているはずだったので、とりわけショックは大きかった。もしちゃんと装着していれば、バックルではなく結びつけられたロープ自体が、ベルトの両端をしっかりと保持する役割をする。つまり、ストラップをバックルに通し忘れたとしても、ハーネスが体を支えてくれるはずだったのだ。

なぜキャリントンは正しくハーネスをつけていなかったのか？　この謎はこのあと、ブリッドウェルを苦しめ、この事件を何カ月にもわたって調査した、アメリカ合衆国国立公園局のレンジャーやエクザム・マウンテンガイドサービスのガイド、シュイナード・イクイップメントの社員、弁護士、そして保険会社の損害査定人たちを悩ませることになる。ただ、穴の入り口にぶら下がっていたハーネスを一目見ただけで、ブリッドウェルはこのクライミングのあいだ見逃していたある事実に気づいた。はじめる前にあれほど注意したにもかかわらず、キャリントンは正しい結び方をしていなかった――ロープをハーネスのタイインループに直接通すというメーカーの指定の方法ではなく、ウエストストラップに留めたロッキングカラビナに結びつけていたのだ。たしかにこの方が楽だし簡単だが、これではハーネスの安全性はカラビナのバックルにすべてかかってくることになる。死亡事故が起きたことによるショックが一段落し、責任の所在の追及が本格的にはじまると、キャリントンが〝いつ〟そして〝なぜ〟このような危険な方法でハーネスにロープを取り付けたのか、多くの人がその答えを知りたがるようになった。

想像がつくかもしれないが、そうした人間のなかには弁護士も少なからず含まれていた。1988年8月22日、事故からちょうど2年後、出訴期限が切れる1日前に、エドワード・キャリントンの勤務先であったヒューストンのフィッシャー・ギャラガー・ペリン＆ルイス法律事務所が、未亡人であるローザ・キャリントンに代わって、ブリッドウェルとエクザム・マウンテンガイドサービスを、そしてさらにシュイナード・イクイップメント社を訴えたのだった。

だが、ハーネスが正しく使われていなかったのは明らかだったため、シュイナード・イクイップメントに対する訴訟は、無理筋であると思われた。また、エクザム・マウンテンガイドサービスは北米でもっとも古く、おそらくはもっとも尊敬を集めている登山ガイド会社であり、年間で1日分の講習を3000回近くおこなっているにもかかわらず、55年間の歴史のなかでたった2人の死亡者しか出していない（しかもこの事故が起きるまで、1964年以降ではゼロだった）。これはまさに驚くべき記録であり、本訴訟においても同社の有利に働くだろう。もし原告の弁護団の〝餌食〟になる者がいるとすれば、ジム・ブリッドウェルが最有力候補であると思われた。

ただ、アメリカのクライミングコミュニティのなかでは、ブリッドウェルはスケープゴートにされるほど悪いことはしていないという意見が多かった。「ガイドが付いているからといって、クライミング中に頭のスイッチをオフにしていいというわけではない」と匿名希望のあるベテラン登山ガイドは言う。「結局のところガイドにできるのは、客が無茶するのを止めることぐらいなんだから」

（じつは私自身も、1967年にティトン山脈にガイド付きで登ったときに、無茶をしたせいでキャリントンと同じような事故を起こしかけたことがある。当時13歳で、エクザム・マウンテンガイドサービスの中級ロッククライミングクラスを2日前に修了したばかりだった私は、グレッグ・ロウというガイドに連れられてグランドティトンを登っていた。事前に丁寧な指導を受けていたにもかかわらず、この朝に限って私は腰回りのもやい結びを失敗し、山頂に向かう難所の途中で結び目がほどけてしまったのだ。滑落することなくなんとか自力でビレイポイントまで降りてロープを回収し、ロウからきつく叱られるだけで済んだが、ロープをぞんざいに扱ったせいで、一歩間違えれば死んでいるところだった）

だが、ローザ・キャリントン側のフィッシャー・ギャラガー・ペリン&ルイス法律事務所の弁護士たちは、キャリントンがロープのつけ方を間違えたのが事実だとしても、ブリッドウェルにはそれを指摘して直させるべきだったと主張した。前日にエクザム・マウンテンガイドサービスの初級クラスでロッククライミングの技術を習ったばかりの初心者であるキャリントンに、つねにロープを正しく装着させることこそ、プロのガイドとしてブリッドウェルに科せられた最大の義務だったはずだと原告団は訴えたのだ。事実、エクザム・マウンテンガイドサービスのマニュアルには、「ガイドはすべての結び目を確認すること」と繰り返し明記されている。だが、ブリッドウェルは、あの死亡事故につながった登攀の前にキャリントンがしっかりとハーネスを装着し、ロープもちゃんと結ばれているのを確認したと、最初から一貫して主張している。

ブリッドウェルの弁護団は当初、登攀のどこかの時点で――おそらくは最初のピッチのあと、ビレイポイントの上で――ブリッドウェルが気づかないうちにキャリントンがおそらく小便をするためにロープをほどいたのだろうと主張した。それから急いで、カラビナを通すという手軽だが間違った方法でロープをハーネスに結びつけたのだろう、と（キャリントンの仲間の一人が、彼はそのやり方を1984年にガイド付きでレーニア山に登ったときに習ったのではないかと推測している）。これはいかにもありそうなシナリオだったが、同行者の一人がこの「ホール・イン・ザ・ウォール」でのクライミングの直前にキャリントンがトイレに行っていたと証言したことで説得力を失った。さすがにその数分後にまたもよおすというのはありそうもないし、実際、彼がクライミング中に小便をしている姿を見た者は誰もいなかった。

ただ、キャリントンがいつ、なんのために結び方を変えたのかはさておき、ハーネスのバックルさえちゃんと締めておけば、この間に合わせのカラビナ式のやり方でもなんとかなったのは事実だ（実際、状況次第では、十分に注意を払った上でという条件付きながら、多くのクライマーがとくに命を危険にさらすことなくこの方法を用いている）。バックルがちゃんと留まっていなかったことも、正式なやり方でロープを結んでいなかったことも、それだけでは死につながるものではない。だがこの2つが組み合わさったことが、キャリントンの運命を決めた。

ブリッドウェルは、プロの山岳ガイドとして20年近く、なんの問題もなく働いてきた。彼が有能で良心的な、さらに言えば慎重派のインストラクターであることを示す証拠はいくつもある。だが、彼の擁護者たちは、この〝ヨセミテの将軍〟のイメージについて不安を抱いていた。1986年5月8日に発売された『ローリングストーン』誌の記事で、無軌道なスリル中毒者として紹介されていたからだ。記事のなかでブリッドウェルは、UFOを見たことがあると熱っぽく語っている。さらに、ブリッドウェルの弟子として知られるクライマーのジョン・ロングが師匠について、「何かにつけてのめり込みがちな人で、自分に酔っているところもある」と評してもいた。こうしたイメージは、社会奉仕団体の会員や主婦が中心の陪審員たちの前に立つブリッドウェルにとって、決して有利には働かないだろうと、仲間たちは危惧したのだった。

キャリントンの死をめぐる訴訟の話が世間に広まる頃には、クライミング業界では、ブリッドウェルが事故の責任の大半を負い、彼を雇用したエクザム・マウンテンガイドサービスにもその一部が波及するだろうとの見方が大勢を占めるようになった。そのため、今年の3月、ローザ・キャリントンの弁護士であるラリー・ボイドに電話で取材をしたときに、おもに責められるべきはブリッドウェルでもエクザム・マウンテンガイドサービスでもないと考えていると聞いて、私は驚いた。「本当に悪いのは、こんな危険なクライミング用ハーネスをつくった会社です」と彼は断言したのだ。

ボイドがどのような法的根拠を持ってシュイナード・イクイップメントを訴えるかについてはさておき、ひねくれた見方をする野次馬たちは、関係者のなかで金を取れるとしたらシュイナードからしかありえないことにすぐに気づいた。ブリッドウェルは無一文に近いし、エクザム・マウンテンガイドサービスの資産など、数十本のロープとタイプライター1台、ロッカーいっぱいのクライミング用具くらいのものだ。一方で、シュイナード・イクイップメント社には年間600万ドルの売り上げがあるうえに、優秀な弁護士の手にかかれば、イヴォン・シュイナードが経営するアパレル会社——年間1億ドルを生み出すあのパタゴニアとこの訴訟を結びつけることも、理屈の上では不可能ではなかった。潜在的責任を問うことが可能なうえに、そうした金の匂いがかすかにでも漂ってくれば、原告側の弁護士がそれを見逃すはずがない。

自身も伝説的なロッククライマー（かつアイスクライマー）であったイヴォン・シュイナードは、自らの登山用具ビジネスを、文字通りひとつひとつその手で積み上げてきた。1957年、当時の粗末な道具を使って3年ほどクライミングをしたあと、独学で鍛冶の技術を学んだ彼は、自分や友人たちのために、市販の製品よりも品質のいいハーケンやカラビナをつくれると思った。そして実際につくったハーケンを車に積み込み、1個1・5ドルで売り出した。これは当時のヨーロッパ製のハーケンの5倍の値段だったが、クライマーたちは次第に彼のつくるものが既製品よりも丈夫でデザインがいいことに気づきはじめ、シュイナードお手製の道具はつくったそばから売れていくようになった。その後、1966年、シュイナード・イクイップメントは、カリフォルニア州ベンチュラの廃墟となった食肉解体場の隣にある、〝密造酒工場(スカンクワークス)〟という愛称で呼ばれるトタン屋根の小屋で操業を開始する。その年の売り上げは3000ドルほどだったが、それから4年間にわたって売り上げは倍々ゲームで増えていった。

同社が当初から成功を収めたのは、デザインが新しいうえに、質の高い素材を丁寧に組み上げた商品のおかげだった。とはいえ、アイゼンやピッケルをはじめとするシュイナード・イクイップメント製の登山用具は、使っている最中にときどき壊れることもあった。シュイナードは当時から徹底した製品テストをおこなっていたので、おそらく他社のものに比べれば丈夫だったと思うが、それでも数百個に1つくらいは壊れていたはずだ。同社製の登山用具の故障がもとで亡くなったクライマーは一人もいなかったが、怪我をした者は少なからずいた。だが、それでも訴訟にはならなかった。牧歌的だった当時のクライマーたちは、雪崩や突然の嵐などと同じく、ツールの破損もこの遊びにつきもののリスクのひとつとして受け入れ、アイスクライミングのときには可能なかぎり予備のピッケルを用意したり、ビレイアンカーで安全を確保したりすることでそれに備えていた。私自身、1979年にソロで凍った滝を登っている最中に、地面からだいぶ離れたところで、ブーツに取り付けていたシュイナード・イクイップメント製のアイゼンが壊れて外れてしまうという、非常に危険な状態におちいったことがある。結局、なんとか窮地を脱することはできたが、イライラが収まらず、怒りの手紙をシュイナード・イクイップメントに送りつけた。だが、同社から返事代わりに交換用のパーツが送られてきて、壊れたアイゼンを元に戻すことができたので、これで手打ちにしようという気になった。むしろ、無料で換えのパーツを送ってくれたことに、感謝さえしたのを覚えている。

それからまもなく、シュイナードは業界でももっとも優れた品質管理体制を確立し、登山用具の破損をほとんどゼロにまで近づけた。そのため、1986年3月にアトランタの窓ガラス清掃員、ギルマー・マクドゥガルドが、同社を相手に製造物責任訴訟を起こしたのは皮肉だったと言えるだろう。これはシュイナードが会社をはじめてから29年間で初めてのことだった。さらに皮肉だったのは、ここで争点となったロック式のカラビナ自体は、まったく問題なく本来の性能を発揮しうるものだったことだ。マクドゥガルドがビルの外壁の高所から転落して大怪我をしたのは、カラビナゲートを固定するスリーブを正しい方法でねじ込んでいなかったからだった。だが彼は、この道具の設計自体に「欠陥があり、安全に使用目的を果たすことができないものだった」と訴えた。

アメリカの司法のいびつさを知らない人なら、この訴えはあっさり却下されると思うだろう。だが近年、不法行為法（事故と人身傷害に関する法律）の解釈は大きく変化していて、製造物責任訴訟においてどのような判決が出るかは非常に読みづらくなっている。製造物責任法はもとは労働者や消費者、事故の被害者を守るためのものだったが、この解釈の変化によって誰でも簡単に訴訟を起こせるようになった。もとは崇高な理念によって制定されたはずのこの法律は、結果としてアメリカ経済に年間３０００億ドルもの損害を与え、利益を得るのは場合によっては弁護士だけという状況をつくりだした。製造物責任訴訟は１９７６年から１９８６年のあいだに４００パーセントも増加し、20年前と比べて原告側が勝訴する割合は倍になった。平均的な賠償額は60年代前半の５万ドルから、現在（１９９０年）では25万ドル以上に膨れ上がり、１００万ドルを超えるケースも珍しくない。

司法界のこのような風潮に鑑み、裁判での争いを避けることにしたシュイナード側の保険会社は、マクドゥガルドに35万ドルを支払うことで示談を成立させた。だが１９８８年の３月、２度目の訴訟が起こる。そして同じ年の８月にキャリントンの訴えがあったあと、さらに３つの製造物責任訴訟が立て続けに起こった。その結果、シュイナード・イクイップメント社にかかる保険料は跳ね上がった。２００万ドルの補償を（20万ドルの控除条項付きで）得るのに、シュイナードは年間32万５０００ドルも支払わなければならなくなった。１９８４年と比べてじつに１６２５パーセントもの増加である。

別会社のパタゴニアは莫大な利益を上げつづけていたが、シュイナード・イクイップメント自体はつねに、かろうじて利益が出ればいい程度の経営状態だったため、保険料の負担が増えると一気に赤字に転落する恐れがあった。同社のゼネラルマネージャーだったピーター・メトカーフは、「１９８９年の12月に保険契約が更新されることになっていて、保険料は年に50万ドルにまで値上がりする見込みだったんです。それも、そもそも加入ができれば、の話ですよ」と語った。

シュイナードに対する６件の賠償請求のうち、３件はクライマーではない使用者（配管工、屋根職人、そして前に挙げた窓ガラス清掃員）によるカラビナの明らかな誤用に起因すると思われるもので、さらに、キャリントンの訴訟を含む残りの３件は、すでに販売が停止されているカルプ・アルパインハーネスの不適切な使用に端を発するものだった。だが、これらの訴訟の行方をさらに危うくする出来事が起こった。キャリントンの訴えが起きた直後に、シュイナード・イクイップメントと競合するある会社がつくった一本のテープが、まるでスキャンダラスな外国製のポルノのように、クライミング界にひっそりと出回りはじめたのである。

このビデオは、ニューハンプシャー州発祥の最新のクライミングギアブランドである「ワイルドシングス」のオーナーであり、型破りな行動と奔放な発言で知られるジョン・ブシャールの手によるものだった。それは、実験室でのテストで「シュイナード・ハーネス」（カルプ・アルパインハーネスの後継モデルであり、タイインループが省かれているが、基本的にはバックルの設計は同じもの）からロープが外れる様子をわかりやすく撮影したものだった。このビデオをつくったブシャールいわく（ちなみに彼自身、当時、同じく根拠の疑わしい製造物責任訴訟に直面していた）、この映像は消費者向けのものではないし、シュイナードの抱える法的な問題を悪化させることは絶対にしたくなかったという。このビデオは、クライミング界の日和見主義者たちの目を覚まさせ、業界が一丸となって防御策をとる必要があることに気づかせるためのものだ、と彼は主張している。

ただ、ブシャールの動機がどうあれ、このビデオはシュイナードの問題を軽くしはしなかった。むしろこれが裁判の証拠として採用されれば、まずいことになるだろう。ただ、このビデオのなかでシュイナード・ハーネスのバックルはたしかに体の重みだけで外れているが、この実験の状況設定は（ブシャールはともかく）ほとんどのクライマーから見て、実際のクライミングではまず起こりえないようなものだったし、さらに言えば、旧モデルであるカルプ・アルパインハーネスのタイインループをちゃんと使っていれば、このロープの脱落は絶対にありえなかった。

しかし、クライミングの素人である裁判官や陪審員には、こうした細かいニュアンスは伝わらない可能性が高い。「原告はクライミングなど人生で一度もやったことのない工学部の教授を、専門家の証人として1日500ドルで雇うでしょう」と語るのはニューヨークの弁護士で、自身もロッククライマーでありかつてアメリカ山岳会の会長を務めたこともあるジム・マッカーシーだ。「そして証言台に立ったその自称専門家はこう言うんです『この製品の設計には明らかな欠陥があります』と。例のビデオと組み合わせれば、非常に効果的でしょうね」

シュイナード・イクイップメントがますます苦しい立場に追い込まれるなか、その〝お隣さん〟であるパタゴニアの社員たちも神経をとがらせるようになっていった。書類上、2つの企業は完全に独立しており、仮に原告が、この苦境に立たされた登山用具会社を相手に大勝を収めたとしても、パタゴニアの豊富な資産にまで手を伸ばせる可能性はほとんどないはずだ。とはいえ、両社の密接な結びつきを考えると、2つの会社を分かつ〝企業のヴェール〟が剥ぎ取られる（法人格否認の法理〔紛争の解決に必要な範囲で、法人とそのオーナーの分離を否定し、両者を一体と見なすこと〕が認められる）可能性はゼロとは言えず、それを考えるだけでシュイナード側の弁護団は青ざめた。

時が経つにつれ、当初は思いもしなかった選択肢が残された唯一の道であるように見えてきた。連続する不法行為法訴訟の波によって沈没寸前のシュイナード・イクイップメントは、もう見捨てざるをえないのではないか、という。そして、1989年4月17日、イヴォン・シュイナード本人の名を冠した、その輝かしいキャリアの原点であり、アウトドア界の軌跡に多大な影響を与えたこの企業は、連邦破産法第11条の適用を申請することとなった。

これによってすべての訴訟がいったん保留となったため、その間にシュイナードは今後の方針について考えをめぐらせた。そして結局、連邦破産法適用となったシュイナード・イクイップメントは解散し、メトカーフを筆頭とした元社員たちが、ブラックダイヤモンドというまったく新しい企業を立ち上げることになった。さらにメトカーフは、シュイナード・イクイップメント社の受けていた注文、設備、在庫、有形無形の資産の一切合切——要は、シュイナードという名前と会社を悩ませた法的責任以外のすべてを——買い取るという取り決めを成立させる。

1989年12月1日にブラックダイヤモンド社がすべてを引き継いだとき、業務自体は以前とほとんど同じだった。だが、会社は新しく生まれ変わり、訴訟も抱えていない状態になったため、保険料は年間32万5000ドル（22万ドルの控除条項付き）から、15万ドル（2万ドルの控除条項付き）まで下がった。

要は、シュイナード本人がクライミング事業から手を引くことで、責任訴訟の問題を解決したのだ。それに業界全体で見ても、ここ数年で保険料は以前よりも若干下がり、店じまいをしなかった競合他社も加入しやすくなっている。だが、アメリカ人の訴訟好きは悪化する一方だ。「まったくひどい。私に言わせれば不治の病です」とジム・マッカーシーは言う。「いまの人たちは自分の行動に責任を持とうとしません。『これは自分のせいじゃない。必ずほかに誰か責められるべき人間がいるはずだ』とね」

この〝不治の病〟の影響はすでに登山業界全体におよんでいる。クライミングロープの大手製造元であるブルー・ウォーター社は、製造物責任訴訟を恐れて、クライミング大会のスポンサーをやめ、賞品としてロープを提供することすらしなくなった。ブラックダイヤモンド社は、「ゲート・フラッター」と呼ばれる登攀者が下降するときに振動でカラビナのゲートが開いてしまうというありがちだが非常に危険な現象を防ぐための、独自のロック方式を採用したカラビナを開発したばかりだが、顧問弁護士からは市場に出さないよう忠告されている。「この商品はあまりに革新的すぎるんです」とメトカーフは言う。「機能は素晴らしいのですが、誤った使い方をされる可能性が高く、売り出せばどうしても会社をリスクにさらすことになります」

ただ、きたる5月31日にワイオミング州シャイアンで予定されている賠償請求裁判の結果が持ちうる影響は、これとは比べものにならない。アメリカ合衆国国立公園局を代表して証言台に立つことになっているマッカーシーは、この訴訟はクライマーだけでなく、アウトドアを楽しむすべての人に深刻な影響をおよぼすことになるのではないかと危惧している。

1987年6月28日。グランドティトン国立公園で期間限定のアルバイトをしていた4人の大学生が、ティトン山脈の南端に近い場所にある標高3639メートルのバック山の東尾根を勢いにまかせて登りきった。下りは二手に分かれ、2人の学生は正午までに下山を果たしたが、1人が岩棚で立ち往生。もう1人は固く凍った氷の斜面から滑落して頭にひどい傷を負い、そのあとなんとか意識を取り戻したものの、雪解け水がつくる浅い水たまりに落ちて動けなくなった。下山した最初の2人は数時間待ってから救助を要請したが、そこから捜索の開始までさらに数時間を要した。岩棚で立ち往生していた学生は深夜2時半に発見され最後には助かったが、4人目は水たまりに横たわったまま夜明けまで放置され、見つかったときにはすでに低体温症で亡くなっていた。そして本件に関して、公園管理局の「グランドティトン国立公園内における娯楽目的のクライミング活動の規制が不十分」であり、救助を迅速に実行しなかったという訴えが提起された。

「そもそも、誰かが危ない目にあったり行方がわからなくなったりするたびに、ヘリコプターを飛ばして救助する義務が公園管理局にあると想定すること自体が論外です」とマッカーシーは言う。「この件で原告側が勝訴したら、この国のすべての国立公園が閉鎖され、立ち入り禁止になるでしょう」
グランドティトン国立公園の法務担当で、公園内の事故に起因する訴訟や法的行為を一手に引き受けるドン・コエーリョも、一見大げさにも思えるマッカーシーの主張をあながち的外れではないと言った。「みな、この訴訟の行方に神経をとがらせています……一度、前例ができてしまえば大変なことになりかねません」*

*1991年11月13日、アメリカ合衆国連邦第10巡回区控訴裁判所は、国立公園局側勝訴の判決を下した。

かつてクライミングはまっとうなスポーツというよりは、一部の好事家たちがおこなう、自立・独立を原則とした、マニアックなサブカルチャーに属する類いの行為であった。クライマーたちは、極限のリスクと簡素な装備、それにこの遊びが持つ反時代性を愛していた。そこには義務と自己責任を旨とする不文律があり、クライマーたちは経験豊かな友人や先輩から長い時間をかけてそれを学び取っていた。「クライミングは週末に気軽にできるようなものじゃなかった」とイヴォン・シュイナードは語る。「何年もかけてさまざまなことを学ぶ必要がある。みなそれを自然と理解していた。さもなければ、死んでしまうことだって十分ありうるんだから」
だが、時代は変わった。あのバック山の騒動の被害者は山登りは初めてだった。同じく山での遭難事故が訴訟に発展したほぼすべてのケースで、被害者はほとんど（あるいはまったく）登山経験のない人たちだった。これはひとつには、スポーツクライミングという新たな分野が脚光を浴びていることで、近年、クライミング人口が爆発的に増えているせいもあるだろう。短い急勾配の崖や人工の壁を、充実した装備で、あらかじめアンカーが狭い間隔で打ち込まれている状態で登れるため、より学びやすく手を出しやすい。これにより、クライミングはその歴史上初めて、（しばしば古き良き時代を語るクライマー自身の手によって）積極的にマーケティングされ、スリリングではあるが、特段命の危険はない普通のスポーツの一種として売り出されることになった。

このスポーツをはじめるにあたって、ガイドを付けたり、クライミングスクールに通ったりしはじめた多くのクライマー志望者たちは、インストラクターを絶対的な存在だと思い込んだ。山において決して判断を誤ることのない、鋼のような肉体を持つ神のような存在であると。そしてガイド自身も、そう思われたいと願い、そう思わせるために大変な労力を払っているのが実情だ。ガイド業も登山用品の製造業も、結局のところ、まずビジネスありきであり、ほかの業界と同じように大げさな謳い文句やマーケティング戦略に頼っている。ふとした瞬間に、企業自らそれを認めることもある（すくなくとも過去にはあった）。たとえば、1979年にあの壊れたアイゼンについてシュイナード・イクイップメント社にクレームの手紙を送ったとき、私は、同社が最新のカタログで、製品の仕上がりの素晴らしさと絶対の信頼性を謳っているページを切り取って同封した。すると、返事として届いたお詫びの手紙には「まあ、おわかりかもしれませんが、広告に多少の誇張はつきものなんです。ピーナッツバターとゼリー、ホットドッグとマスタード、ジンジャー・ロジャースとフレッド・アステアのように」と書かれていたのだ。

いまでは、ガイドサービス会社や登山用具メーカーのチラシやカタログには、クライミングの危険性を警告する法的な決まり文句による免責事項が記載されている。だがその堅苦しい文言からは、これは法律家が〝ハエ取り紙〟と呼ぶたんなる形式的な決まりにすぎず、真剣に受け取る必要はないと思わされる。そしてあとに続く扇情的な宣伝ページによって、その印象は必然的にさらに強くなる。

「ある意味では、ガイドサービスの会社や登山用具メーカーが、クライミングの危険性を過小評価させるようなマーケティングをしたことで、この責任賠償訴訟による危機を自ら招いたという側面もあります」と『クライミング』誌の編集者で、ベテランの登山家でもあるマイケル・ケネディは語る。「こうした企業は、最初に『死ぬ危険も十分にある』と言ってしまったら、あとで売り込みに苦労することになるのを知っていたんです。だから言わなかった。結果として、一般の人たちはクライミングの伝統や精神性を理解しないまま、たんなる娯楽のひとつと考えるようになってしまった。そしていざ怪我をすると驚いて、企業を訴えるというかにもアメリカ人らしい行動に出るんです」

ただし、じつのところ責任賠償訴訟に対して、現実的な対抗策がないわけではない。この先、訴訟を起こされないようにするために企業側が取りうる手段のひとつは、現在抱えている訴訟の示談に応じないことだ。「実際、ほとんど根拠が皆無の訴えもすごく多いですからね」とマッカーシーは言う。「でも、裁判するとなると弁護費用は高くつくし、クライミングといえばそれだけで普通とは違う世界の話になるので、保険会社も手打ちにしたがる。だから、示談金は高額になりがちです。そしてその3分の1を手に入れた原告側の弁護士は、何食わぬ顔で、次もまた同じことを繰り返そうとします」

登山関連企業の経営者のほとんどは、すくなくとも原則として、責任賠償訴訟をひとつひとつ裁判で争った方が、業界全体がはるかに健全になると考えている。だがいま挙げたような不利な条件を意に介さず、決然とした態度で示談を拒否しつづけてきたのは、これまでのところワイルドシングスのジョン・ブシャールだけだ。イヴォン・シュイナードは、なぜすぐに和解に応じるのかと問われたとき、保険会社のせいだと断言した。「保険に入った時点で、裁判するかどうかを自分で決める権利を放棄したことになる。それはこちらの決めることです、とあいつらは言うからね」

シュイナードいわく、「(訴えられるのを避けるのにいちばんいい方法は)会社を大きくしないこと。私が最初そうだったように、自分の家の裏庭でやるくらいにとどめておくことだ。保険には入らず、自分の資産は事業と切り離しておく、そうすれば誰も訴えようとは思わないだろう。それでも訴えられたら、ただ立ち去ればいい。欲をかかないように気をつけるべきだ。会社を大きくしたら、すぐにターゲットにされる」

また、言うまでもなく、クライミングスクールや登山用品メーカーは一般の人への売り込み方を考え直した方がいい。危険なイメージを払拭してあまりにマーケティングがうまくいきすぎたせいで、初心者たちはクレジットカードを使って評判のいいスクールに申し込みさえすれば、専門知識と安全を〝買える〟と思い込むようになった——すくなくとも初心者のうちは、楽しいものであり、多少のスリルはあっても、決して命の危険はない、と信じて。

シュイナード・イクイップメント社は解散したが、それで訴訟がなくなったわけではない。キャリントンの事件は4月上旬の時点では、6月か7月に裁判がおこなわれる予定だった。だがシュイナード・イクイップメントが破産を宣言したことで、法人格否認の法理の適用はかなり難しくなった。関係者たちは、この記事が掲載される頃には、この争いは法廷の外で示談になるのではないかと予想している。

一方、パタゴニアは利益を上げつづけている。エクザム・マウンテンガイドサービスはまだこの訴訟に決着をつけていないが（ローザ・キャリントンの家族に取材したところ、エドワード・キャリントンの勤務先であった法律事務所の主張によって、訴訟はまだつづいているという）、それでも通常通り営業している。ジム・ブリッドウェルは示談を成立させ、現在は南カリフォルニアでクライミングとガイド業に精を出している*。

＊ジム・ブリッドウェルは2018年2月16日に73歳で亡くなった。

当然だが、エドワード・キャリントンが生き返ることはない。この事故をめぐってはさまざまな訴訟が起こったが、明らかな〝罪人〟は出てこなかった。周囲の人々は、評判のよいスクールで、一流のインストラクターに指導され、最高の装備を身につけていたはずのキャリントンがなぜこの世を去ることになってしまったのかと、いまだに納得がいっていない。

この問いへの満足な答えは、これからも決して見つからないだろう。ただひとつ言えることがあるとすれば、あのとき、誰かが小さな、故意ではないミスをした――あるいは幾人かの人の犯した小さな過ちが積み重なった。そして、クライミングとは、好むと好まざるとにかかわらず、たった1回の小さな失敗に対して、想像をはるかに上回る対価を支払わざるをえないリスクがつねにつきまとうゲームなのだ。

1990年6月『アウトサイド』掲載

北極圏の扉

Gates of the Arctic

その道は、むき出しの花崗岩の崖のあいだに銃の照準器のように刻まれた、高い分水嶺に向かって上がっていく。大きなザックを担いで峠を登り、肩に食い込む重みと足下の不安定な岩場に気をとられていた私の70メートルほど先に、気づくと熊がいた。思わず息をのんで動きを止め、静かに様子をうかがう。150キロはあるグリズリーが上からこぼれた岩くずのたまったあたりをゆっくりと歩いている。こちらが風下なのでまだ向こうは気づいていなかったが、分水嶺を越える道は1本しかなく、このままでは正面からぶつかることになる。

グリズリーとしては小さい方だろう。それでもNFLのラインマンをはるかにしのぐ体格で、その濁った小さな目からは一片の親しみも感じられない。ここはアラスカ、ブルックス山脈の奥深く、北極圏よりもさらに北に位置しているため、周りによじ登れるような木はなかった。銃も持っていないし、逃げればかえって追われるだろう。恐怖で息がつまる。なんとか冷静になろうとしたが、口のなかが乾いてきた。

熊はさらにこっちにやってくる。25メートルほどまで近づいたところで、こちらの匂いを嗅ぎつけたのか急に立ち止まり、後ろ脚で立ち上がった。ゴワゴワとした金色の体毛が風になびいている。その腕は丸太のように太い。これまで耳にした熊による悲惨な事件の数々が頭をよぎった。鼻を鳴らしたグリズリーは、私を見てもう一度鼻を鳴らす。だが、ふいに四つん這いに戻ると、くるりと向きを変え、戦車ですら乗り越えられないような大きさの岩がゴロゴロしている道をとんでもないスピードで駆けていった。

1974年7月2日。20年が経ったいまでもこの日の記憶は鮮明に残っている。熊が走り去ったあと、私は長いこと岩の上に腰を下ろし、心臓が早鐘を打つのを聞いていた。時刻は午前1時。顔の周りには蚊が群がっている。分水嶺のはるか上方では、薄暗い空にギザギザの花崗岩の先端が、沈むことのない太陽に照らされてオレンジ色に光っている。周囲には名もない山々が連なり、見渡すかぎり遠くまで続いていた。

ここまで数週間にわたって、オオカミの遠吠えやムナグロの鳴き声を聞き、カリブーの群れの鼻息のなかを通り抜け、誰も踏み入ったことのない山の頂上からの眺めを見下ろしつつ、澄みきった川から引き揚げた肉付きのいいカワヒメマスをむさぼり食いながら進んできた。そしてたったいま、あの悪夢のようなグリズリーと見つめ合ったのだ。幸いにも、この邂逅による動揺はあちらの方が強かったようだが。ちなみにこのあと、この月のうちにさらに4頭の熊と出くわすことになる。

これまでアメリカ西部でもっとも人気(ひとけ)のない山々に登り、釣りをしてきたが、アラスカに来るとそのほかの州の自然など、おとなしくて気の抜けた〝まがい物〟に思えてくる。つまり、北極圏に来て初めて〝本物の〟自然を体験したわけだ。当時20歳の若造だった私にも、20世紀も終わりになってこのような環境を味わえるというのが、極めて得がたいことなのは理解できた。

それから6年後の1980年、アメリカ合衆国議会はブルックス山脈が唯一無二の存在であることを認め、そのうちの850万エーカーを「北極圏の扉国立公園」として保護することを決定する。これはマサチューセッツ州とコネチカット州を合わせたほどの面積の広大な荒野であり、アメリカの国立公園としては2番目の広さである。だが、その名を知っている人はすくなく、実際に訪れる人はごくわずかだ。年間の訪問者でいうと、グレート・スモーキー山脈国立公園の930万人、ヨセミテ国立公園の380万人に対して、北極圏の扉国立公園は2000人程度でしかない。

この差は、アクセスの良し悪しによるところが大きい。ヨセミテ国立公園はサンフランシスコ湾岸から車で3時間ほどで行けるうえに、周囲にも300万人が住んでいて、観光客はハーフドーム、エル・キャピタン、ヨセミテ滝といった名所を、エアコンの効いた車内から一歩も外に出ずに眺めることができる。一方、北極圏の扉はヨセミテと比べて景観の面では引けを取らないし、じつに11倍もの広さを誇るが、場所は人里離れたアラスカ北部である。公園内には道がないため車で移動することはできないし、レンジャーの詰所もホテルも食堂も土産屋も、整備が行き届いたキャンプ場もない。ここにはいかなる類いの設備も存在しないのだ。じつのところ、ところどころに獣道が見られる以外には、人が歩いた跡すらない。

ただ、国立公園局は、こうした不便を欠点だとは思っていない。むしろアクセスの悪さやそうそう歩き回れないような環境こそがここの長所だととらえている。公園の規則も、人が訪れたり自然に手を加えたりするのを最小限に抑える形に定められている。

だが、こうした方針を喜ばない人たちもいて、北極圏の扉は〝お高くとまった〟国立公園だという批判の声もある。これほど広大な土地を確保しておきながら、ごく一部の人間しか立ち入れないのでは、いったいなんの意味があるのか、と。

この問いに対して、1970年代当時、この公園の計画の担当者だった（現在は公務員を引退している）ジョン・M・カウフマンは、「北部の環境は傷つきやすく治りづらい。人が与える影響が暖かい場所よりもはるかに大きいんです」と答える。極寒の地に生える地衣類のなかには、1年に1／7センチほどしか成長しないものもある。一人の人間がツンドラに残した足跡が元に戻るのに40年もかかるかもしれず、バギーで湿地帯を走ろうものなら、数世紀にわたって消えない傷がついてしまうだろう。「この国立公園の計画を進めているさなかに、われわれはここがアメリカ最後の巨大な原生地帯であるのに気づきました。これ以上のところはもうないでしょう。もしヨセミテ国立公園のようにアクセスしやすくしてしまえば、ここを保護すべき根拠そのものが破壊されてしまうのです」

著書、『アラスカのブルックス山脈』のなかでカウフマンは、北極圏の扉でどの程度まで開発を許すべきかをほかのプランナーたちと議論した際、「まったくなんの手も入れない」のがいちばんだと、すぐに意見が一致したと書いている。

保護境界線を引いたら、土地は手つかずのままにしておく。道路も小道も橋もキャンプ場も標識も、ほかの多くの公園が森のなかに備えているような補助器具や便利な設備もいっさい入れない。そんなことをすれば、この土地の特徴や性質が変わってしまう。訪問者たちは自らの流儀を持ち込むのではなく、ブルックス山脈にあわせて行動する。空手の言葉を借りれば、ここは〝黒帯の公園〟だ。初心者歓迎ではない、数ある国立公園のなかでももっとも厳しいところであり、すべてのものがすべての人々に開かれている必要はないとの思想が根本にある。そういえば、（生態学者の）アルド・レオポルドはこう言っていた。「荒野のなかでは若くなるし、荒野があるからこそ若くいられる。私はそれをうれしく思う。地図上に空白地帯がなければ、40歳で自由の身だからといって、それがなんの役に立つというのだろう？」

だが残念ながら、航空写真と人工衛星のおかげで、北極圏を含め、世界に地図上の空白地帯はもう残されていない。そして年々、北極圏の扉を訪れる人は増えている。国立公園局は、2010年までに訪問者の数は1万8000人に達すると予想している。これはほかの国立公園に比べれば極めてすくないものの、現在（1995年）の9倍の数字である。カウフマンを含む環境保護主義者たちは、人が多くなったせいで、北極圏の扉が持つ唯一無二の特徴の多くが、すでに修復不可能なほどに損なわれていると考えている。そこで私は去年の夏、「アメリカ最後の巨大な原生地帯」の現状を知るために、1974年にブルックス山脈を探検したときと同じ場所を訪れた。

この未開の地に出発するにあたり、まずはここを訪れる多くの人たちと同じように、公園の境界線から40キロ離れたところに位置する人口33人の〝大都市〟、ベトルズへと向かった。20年ほど前まで、この町にはブッシュパイロット〔辺境地に小型飛行機を飛ばすパイロット〕が1人いるだけだったが、いまでは3つのエアタクシー会社が半ダースのパイロットを雇って競争を繰り広げている。アラスカの友人であるローマン・ダイヤル、ペギー・ダイヤル夫妻と合流したあと、コユカック川に停泊していた1956年製のデ・ハビランド・ビーバーという水上飛行機に乗り込む。パイロットのジェイ・イェスペルセンがスロットルをあけると、機体はアルミ製の〝浮き〟で急流のなかを助走してから浮き上がり、低空飛行で北北西に進路をとった。

ベトルズを出て2時間、飛行機は小さな湖の上で大きく機体を傾けた。ジェイはヘラジカなどの障害物がないかを確認したあと、ビーバーを着水させ、私たちは小雨のなか岸へと降り立つ。飛行機がエンジン音を周囲の山々に響かせながら飛び去ると、あたりはすぐに静寂に包まれた。自分があらゆるものから遠く隔たった場所にいるという気持ちが湧いてくる。実際ここは、アンカレッジやジュノーよりもシベリアに近く、もっともそばにあるハイウェイ――アラスカを横断する石油パイプライン用の運搬道路――ですら東に225キロも離れている。思わず苦笑いをしながら、私はザックを担ぎ、ペギーのあとについてツンドラを歩きだした。

飛行機が降り立った湖は、ブルックス山脈に流れ込む主要な川のひとつであるアラトナ川の源流だ。この3週間の北極圏探検の最初の行程として、川を75キロほどゴムボートで下る予定だったが、巨大なアラトナ川もはじめは足首ほどの深さしかなかったため、ボートを浮かべられる水深になるまで、ザックにしまったまま歩くことにした。

U字型の広大な谷のなかを流れるアラトナ川は、両岸を空に向けて切り立つような岩場に囲まれている。この荒涼とした景色を、カリブーの大群が、こっちに200頭あっちに75頭といった感じで、ゆっくりと横切っていく。空から見たときには、まるでゴルフコースのように平らにならされているかに見えたこの谷も、降りてみると典型的なツンドラの湿地帯だった。谷底は50センチほどの高さの水を含んだカリフラワー状のワタスゲでびっしりと覆われているため、思うように進めずイライラさせられる。土が盛り上がったところを足を上げて踏まないようにしようとすれば、ワタスゲが生えているグチャグチャの泥の上を歩かざるをえないし、逆に土の上だけを踏んで進もうとすれば、滑って尻餅をついたり、足首をくじいたりしかねない。

そこで私たちはワタスゲの茂みを避けるため、川の上を行ったり来たりしながら両岸にところどころ現れる砂地をつなぐように歩いていく。その湿った砂の上には、いたるところにカリブーやヘラジカ、オオカミ――そして、熊の足跡があった。私の27センチのブーツの跡と比べると、まだできたばかりだと思われる熊の足跡の大きさは、40センチ近くはありそうだった。ただ、〝熊恐怖症〟なのはダイヤル夫妻も同じで、とくにペギーはその傾向が強い。1986年、夫のローマンはブルックス山脈を端から端まで1500キロ以上、歩いたり、スキーをしたり、ボートで下ったりして踏破した。当時、第一子を妊娠中だったペギーも、その旅に1カ月ほど同行した。そして、アラトナ川の支流であるナトゥク川の源流近くで、二人は茂みのなかでブルーベリーを食べているグリズリーと遭遇する。しかも、1974年に私が出くわした熊とは違って、何度も突進して威嚇してきたという。「熊は目が悪いから、こちらの反応をうかがうためにブラフチャージ（威嚇突進行動）をしてくるんだ」とアラスカ・パシフィック大学の生物学教授であり、行動派で知られるローマンは言う。「そこで、もしこちらが〝餌〟に見えるような行動をとったり、逃げだしたりすれば、向こうもその通りに受け取るのさ」。ペギーとローマンはなんとか平静を保ちながら、なるべく素知らぬふりをして、熊の縄張りから徐々に遠ざかった。その間、4回の威嚇突進があったが、最後には熊は去っていった。

そこで今回の旅では、熊の攻撃から身を守るための武器を初めて用意した。防犯用グッズとして使われるのと同じような、唐辛子入りのボトル式スプレーだ。ローマンは小型の拳銃も持ってきた。だが、ベトルズの街でバリー・ヨセフというブッシュパイロットにこのペッパー・スプレーを見せたところ、笑われてしまった。「熊はあんたがそんなものを持っているのを見たら大喜びするだろうね。夕食にちょうどいいスパイスだ、って」。彼は、ローマンの拳銃も鼻で笑い飛ばした。「そんな小さなおもちゃで熊の動きが止まると思うのかい？　あいつらの頭蓋骨を打ち抜ける威力があるのは、ここにある拳銃ぐらいだろう」。ホルスターから、クリント・イーストウッドが『ダーティハリー』で使っていた44口径マグナムのような巨大な銃を抜き出しながら、彼はそう言ったのだった。

グリズリーが掘り起こしただろうマーモットの巣穴がある土手を歩く私の胸に、ヨセフの言葉が重くのしかかる。真新しいその掘り跡は、まるで掘削機が暴走したかのように広範囲にわたっていた。

6キロほど川沿いを歩くと、アラトナ川は小さなボートならなんとか浮かべられそうなくらいの深さになった。ゴムボートは2つしか持ってきていないので、片方にローマンとペギーが、もう片方に私が荷物の大半を引き受けて乗ることにした。だが、あとは川の流れに身を任せればいい、と喜んだのもつかの間、出発してすぐに、重すぎたのかダイヤル夫妻のボートの底に穴が空いてしまったため、止まらざるをえなくなった。その日は砂地の上で野営をして、たき火でボートを乾かし、穴をふさぐことにする。

翌朝、雨雲は消えていた。まだ8月5日だというのにすでに秋を思わせる寒さだ。昼になるまでのんびりと淡い日差しのなかでコーヒーをすすりながら、ディッパーと呼ばれるミソサザイに似た小さな鳥が水中に潜る様子を観察する。ふたたびボートで出発すると、支流によって水かさを増したアラトナ川は白く波立つ急流へと姿を変え、私たちはほとんど苦もなく、徒歩の3倍のスピードで進むことができた。

そして、野営地を発ってから1時間もしないうちに、北方樹林帯の〝先触れ〟が見えてきた。パイプクリーナーを大きくしたような弱々しいトウヒが1本あったあと、すぐに岸辺に沿って、タイガ（ロシア語で「小さな棒の土地」を意味する）と呼ばれる寒々しい北の大地の森が広がりはじめた。北極圏の太陽は、地平線からさほど離れることもなく、低い弧を描いて空を横切り、谷に切り立つ荒涼とした絶壁をぼんやりと照らしている。その夜、テントを広げるまでに、私たちは70キロ近く川を下っていた。

20年前、ブルックス山脈で32日間を過ごしたときには、同行した6人の友人以外には人っ子一人いなかった。だからこの朝、対岸で10人ほどのグループがキャンプをしているのを見て驚いた。しかもその日のうちに、黄色いセスナ機が付近の池に2組の訪問者たちを下ろしているのも目撃した。

アラトナ川は、ブルックス山脈を流れるほかの大きな川と同様、流れは速いものの、降下難度がクラス2以上の瀬はない（全部で6段階。数字が上がるほど難易度が高い）。地形が険しくて道もないため、ここを歩いて通り抜けるのはとても大変だが、水上の移動は極めて楽だ。だからこそ、北極圏の扉を訪れる人の多くが、船で移動可能な6本の川に群がり、だだっ広くて人がほとんどいないはずのこの場所でほかのグループと出くわして、たいていはがっかりするのである。

ある程度予想されたこととはいえ、やはり私もがっかりした。ベトルズの町を発つ前、チーフレンジャーであるグレン・シェリルにこう言われていたのを思い出す。「君たちがこの公園の99パーセントの場所を歩き回っても、誰にも出会わないことを保証しよう。利用者たちはアラトナ川、ノアタック川、ジョン川、そしてクユック川の北支流にかたまっている。もし誰とも会いたくないんだったら、川には近づかないことだな。あとは、混んでいる場所があるとすればアリゲッチ針峰くらいだろう」

アラトナ川渓谷の西側にそそり立つ花崗岩の尖塔群であるアリゲッチ針峰は、世界中で、とは言わないまでも、この北極圏の扉国立公園のなかでもっとも美しい場所のひとつだ。そのため比較的人気があるが、それでもシェリルの言う「混んでいる」というのは、およそ400平方キロメートルのアリゲッチ針峰全体で年間50人から150人の訪問者がいるという程度にすぎない。「2年前にアラスカに来るまで、俺がレンジャーをしていたユタ州だったら」とシェリルはつぶやく、「事実上、訪問者ゼロと見なされるだろうね。でもここでは、ものすごく多い方に入るのさ」

実際、ここでは年間50人から100人程度の訪問者ですら問題になっている。高緯度の北極圏でその人数が歩けば、どんなに気をつけていても消えない足跡が残ってしまうからだ。すこし前まで、アリゲッチ針峰を流れる川沿いを行くときは、注意深くルートを探った上で、生い茂るハンノキのなかを必死にヤブこぎをして進んでいくしかなかった。だがいまでは、谷の下流の大半にブーツで踏み荒らされた泥道ができているし、訪問者がよくキャンプをする場所では、凍土がすり減って土がむき出しになっている。また、人間が残していった食べ物やゴミを熊が漁るようになったため、レンジャーたちはそうした場所に鉄でできた樽を設置せざるをえなくなった。

アラトナ川とアリゲッチの小川の合流点でボートを降りた私たち3人は、小川に沿って流れを遡るように歩きはじめたが、その後は誰とも出会わなかった。谷の途中でそこまでたどってきた小道も途切れ、それ以降、人が足を踏み入れた形跡はまったくなくなった。

そして登れば登るほど、トールキンの小説に出てきそうな幻想的な風景が広がっていった。頭上に不気味な暗い崖や垂れ下がる氷河を見上げながら、ハナゴケのカーペットの上を進んでいく。氷に含まれる堆積物で濁った小川がつねにそばを流れていて、そのすさまじい急流は巨大な岩にぶつかって白く泡立っている。ただ、ときおり現れる流れが緩やかな場所では、紺碧の水面に周囲のアルプスから反射した光が鮮やかに輝いていた。

アリゲッチの小川の水源にたどり着くと、そこは切り立った岩壁に囲まれた、天然の袋小路になっていた。ここから先に進むには、残された道はひとつしかない。われわれは1200メートルの垂直の壁を登り、その針のように細い山の頂点に向かった。そして、たどり着いた頂上からは、アリゲッチ針峰の全貌――高さ1キロを超える花崗岩の尖塔の数々が織りなす、目もくらむような混沌（カオス）――を見渡すことができた。だが山の西側から、なかば凍りついた湖を抱く人跡未踏の圏谷へと降りていくと、自分の胸のなかに広がる甘さと苦さの入り混じった感情が、この景観の素晴らしさ以上に、自然のとてつもない荒々しさによるものであることを思い知らされた。

アラトナ川で何度か人と出くわしたあと、(険しい道のりだったとはいえ) たった2日ほど歩いただけで、60年前にあのボブ・マーシャルに大きな感銘を与えた原始の風景が広がっているのだ。アラトナ川の東側の土地について、この有名な自然保護活動家は次のように記している。

「これほどの広がりを感じさせる場所を私は見たことがない。ヨセミテもグランド・キャニオンもスシトナ川沿いにそびえるマッキンリーもここにはおよばない……その景色も音も匂いも感覚も、人間や人工物の気配を微塵も感じさせない。まるで100万年前の原始の世界に戻ったかのようだ」

ちなみにマーシャルはブルックス山脈を踏破した最初の白人というわけではない。1886年には早くも、海軍中尉のジョージ・M・ストーニーがアラトナ川を探検した際に見たアリゲッチ針峰のことを「厳しい気候にさらされた険しい山々が、大聖堂や寺院の尖塔のようにそびえている」と評している。ただ、北極圏にもっとも魅入られた男といえば、やはりマーシャルだろう。クユック川の北支流の両側にそびえる2つの山に「北極圏の扉」と名付けたのも彼だった。国立公園の計画者であるジョン・カウフマンは、マーシャルの付けたこの名について「聞く者すべての想像をかきたてる。この地域が国立公園に指定されるにあたっても、この名前が大きな役割を果たした」と語っている。

ただ、もちろんマーシャルやストーニーがアラスカに足を踏み入れる前から、アサパスカン（インディアン）やヌナミウト（内陸エスキモー）といった狩猟採集民は、ブルックス山脈のなかで移動しながら生活していた。何世紀にもわたって語り継がれてきた伝説によると、ヌナミウトの人々はアイヤゴマハラという巨神によって創造されたという。アイヤゴマハラは彼らに命を与えたあと、その地で生活するすべを教え、北極圏の冬の厳しい寒さと長い夜を乗りきる方法を示したとされる。

そして、自身の存在とその教えを忘れないように、アイヤゴマハラはその巨大な手袋の片方をアラトナ川沿いに置くと、それをブルックス山脈のなかでももっとも壮大な連山に変え、いまわれわれの周りにそびえ立っている山々をつくりあげた。ヌナミウトたちはその山々をアリゲッチ――「伸ばした手の指」と名付けた。

1890年以前、ヌナミウトたちは、現在、北極圏の扉国立公園として指定されている地域一帯を歩き回っていた。だが、世紀が変わる頃に白人の探検者や捕鯨船員たちと接触したことで、免疫のなかったはしかやインフルエンザが蔓延。さらに時を同じくして、彼らの衣食住を支えてきたカリブーの個体数が減少期に入っていた。飢えと病気に直撃され、多数の死者を出したヌナミウトたちは、代々すみかにしてきた山岳地帯から北極圏沿岸の集落へと移り住む。マーシャルが初めて北極圏を旅した1929年には、彼らはブルックス山脈の中心からはほとんど姿を消していた。

ただ現在、ヌナミウトたちは北極圏の扉に戻ってきている。国立公園内に住む者の多くは、アナクトブック・パスという、ジョン川の水源の近くにある吹きさらしのだだっ広い分水嶺に建てられたベニヤ小屋やプレハブの集落にいる。人口250人のこの集落には、水洗式のトイレはないものの（永久凍土であるため、配管が難しい）、電気はきていて、ケーブルテレビがあり、数はわずかだが電話もあり、しっかりとしたつくりの新しい学校もある。そして、走れる場所といえばこの村のダウンタウンとでも言うべき数ブロックの砂利道しかないにもかかわらず、驚くべき数の車がある。

ここでは、悠久の時代と現代が無節操に混じり合っている。かつての自給自足の生活から賃金ベースの経済活動がメインになってはいるとはいえ、ヌナミウトの文化において狩りや罠による猟が非常に重要視されているのには変わりない。だが時にこの文化が、国立公園局との対立を引き起こす。

ヌナミウトたちの存在によって、公園管理局は基本的な方針の見直しを余儀なくされた。カウフマンいわく、当初、公園管理局は、この北極圏の扉を本土48州のほかの国立公園と同じように扱うべきと考えており、「かねてからはっきりと明文化されてきた通り、狩猟はたとえ自給自足のためであっても問題外であり、原住民たちは現在のエコシステムの一部というよりも、過去の遺物にすぎない」ととらえる傾向にあったという。だが、この公園の管理者たちは、アラスカ州の政府や原住民の伝統、北部の生活の特殊性を前に譲歩せざるをえなかった。最終的には1980年に制定されたアラスカ国有地保全法（ANILCA）により、先住民・非先住民の区別なく、北極圏の扉国立公園内での自給自足を目的とした狩猟が許可されることになったのである。

だが、自然保護論者たちはこれを含め、ANILCAのさまざまな点に不満を持っている。この規制をどのように解釈したのかわからないが、自給自足のハンターたちが公園内をバギーで堂々と走り回っているからだ。いまでは、アルゴスと呼ばれる8輪の水陸両用車がつくる数キロにおよぶ轍が、アナクトブック・パス周辺のツンドラの上を縦に横にと無秩序に延び、公園の北東部を横切る数々の谷に傷をつけている。

1994年の夏、ヌナミウトと公園管理局のあいだで、バギーによる環境破壊を防ぐことを目的とした、賛否両論の妥協案がまとまった。この協定では、公園の原生地域の境界線が変更され、伝統的に狩猟がおこなわれてきた20万エーカーの土地ではバギーの使用が認められたが、双方が合意したその地域以外は、車両を含む機械の進入が禁止された。

そんな経緯もあり、私たち3人がいま雨のなかキャンプをしているアリゲッチ針峰――ヨセミテ国立公園の象徴たるハーフドームの北極圏版とでもいうべき山――の裏側の麓には、バギーの轍はどこにも見当たらない。ここらあたりの土地は、ブルックス山脈の高所の例に漏れず、車で来るには険しすぎるし、移動しやすい川を外れてわざわざここまで歩いてくる人もほとんどいない。見つかったのは、羊やカリブー、そして熊が通った獣道だけだった。

「今日の晩飯はポテトフレークとマカロニでどうかな?」と雨がテントの天幕を叩くなか、ローマンが言う。「この組み合わせは最高だよ」

「あなた、ツナとスパゲッティのときもそう言ってたじゃない」とあきれたようにペギーが応じる。結局、夕食はフリーズドライのチリということになった。

翌朝、キャンプのすぐ近くで、1週間くらい前に熊に襲われたと思われる、半分食い散らかされた若いカリブーの死骸を見つけた。熊がいつ〝残り物〟を食べに戻ってくるのか気になりつつも、あたりのツンドラにたくさん転がっている、まるで氷のように見える石英(クオーツ)の塊(なかには家電製品ほどの大きさのものもあった)を調べることで、不安を頭から振り払おうとした。

そしてキャンプをたたんで移動を開始した私たちは、強風がうなりをあげて吹きつけるなか、険しい峠を必死に進んでいく。20年前に来たときには、友人たちとともに、27℃の午後の日差しが照りつけるなか、この峠をあっさり抜けた覚えがある。だがいまは、分水嶺にかかる崖にはみぞれが横殴りに降り注ぎ、岩は滑りやすく、クライミングギアなしでは登れそうもない。ザックに丸めて突っ込んであったロープを引っ張りだすと、伸ばした腕をつたって冷たい雨がしたたり落ち、ブーツにまで入り込むなか、3時間かけて150メートルの崖を登った。

なんとか峠は越えたものの、服はびしょ濡れで、体の震えが止まらない。吹きさらしの場所からは逃れられたが、濃い霧が出ていて、せいぜい数十メートル先までしか見えない。コンパスと高度測定器を頼りに、生い茂るヒースと風雨にさらされた石がつくりだす幻想的な景色のなかを進んでいく。氷河によって磨かれ、苔が生えてオレンジ色の縞模様になったスラブの上を滝が流れ落ちている。霧のなかに浮かび上がった巨大な岩が、ヒースや苔やチョウノスケソウの絨毯の上に突き出ているその光景は、最高級の日本庭園ですら霞んでしまうほどの美しさだ。

足は痛み、背中の荷物は100キロ近い重さに感じられる。体はずぶ濡れでひどく疲れていて、歩くのをやめていますぐ寝袋に潜り込みたい気分だった。だが、48時間後にはここからかなり離れた場所にある湖に飛行機が迎えにくることになっている。乗り遅れないためには、ここで足を止めるわけにはいかない。休みをとる前にもうひとつ、先ほどよりもさらに急な峠を越えなければならない。

こうした自然の奥深くまで来たことがない人は、どうしてわざわざこんなつらい思いをする必要があるのかと思うかもしれない。だが、疲れた足を引きずりながら歩いていると、答えはそこかしこに見つかる。ブルックス山脈は、苦難を乗り越えるに値する魅力がある——というより、このような苦難があるからこそ一層魅力的なのだと言える。汗と苦痛と恐怖こそ、この楽園への入場料であるという事実が、その美しさをさらに甘美なものにする。

次の峠の頂上付近にたどり着いたときには日付が変わっていた。傾斜はきつく、足場はもろい。それでもひたすら登りつづけると、ふいに霧が晴れ、薄明かりのなか、ノコギリの歯のようなパノラマが浮かび上がった。きれぎれになった雲がガーゼのように山々の頂に巻きついている。近くの尾根には、氷が青い舌をだらりとぶら下げている。ほどなくして、私たちは峠の頂に立った。風によって削られ平らになったこの場所が、この大陸の水界地理学上の境界線である北極分水嶺を示している。いま私の後ろにある崖を流れ落ちる雪解け水は北極海に。そして前方の谷間を流れる小川は太平洋に注いでいる。今夜はその小川のそばで野営をすることにした。

ようやくキャンプを張れたときにはどっと安堵が押し寄せてきた。明日の午後には、この谷から半日の距離にある温泉にゆっくりと浸かることができるだろう。それでも、すでに私は名残惜しい気持ちになっていた。この旅がもう終わってしまうなんて。

60年前、ボブ・マーシャルはブルックス山脈での長旅の終わりに、次のように記している。

「私は、明日にはフェアバンクスに……1週間後にはシアトルにいて、素晴らしく活気に満ちた現代社会に戻っているだろう。ふたたび、人類が積み重ねてきた成果のなかで生きていくことになるのだ。いまこれほどの人口を抱える世界は、そうした成果の数々を必要としている。人は荒野のなかでは生きていけない。限られた場所で偶然生き残るほかには。それでも、たったいまクユック川の源流から戻ってきたばかりの4人の人間にとって、現代社会が提供するどんな快適さも、安心も、発明も、優れた思想も、ほぼ手つかずの、人のいない北極圏の原野で過ごす日々がもたらす高揚感の、半分も与えてくれはしない」

1995年6月『スミソニアン』掲載

愛が彼らを殺した

Loving Them to Death

その長距離電話の通信状態は良好だったが、アリゾナ州フェニックスの自宅のキッチンにいるサリー・ベーコンは、受話器から聞こえてくる話の内容が理解できなかった。1カ月前、16になる息子のアーロンを、ユタ州にあるノーススター・エクスペディションという野外学校に送り込んだ。そしていま、その学校から電話があり、女性の声で「アーロンが倒れました。脈がありません」と告げられている。

「脈がないって……どういうことですか？」と状況がのみ込めないままサリーは聞き返す。

「アーロンはアリゾナ州ペイジの病院にヘリコプターで救急搬送されました」と受話器の向こうの声は言う。「ご主人に連絡してください。病院の電話番号をお伝えしましたので」。サリーは慌てて、夫であるボブ・ベーコンの職場に電話をした。するとボブは呆然とした声で、現時点でわかっていることを繰り返した。アーロンは砂漠で倒れた。不慮の事故であり、どうしようもなかったそうだ。息子は死んだ、と。

1994年3月1日、ベーコン夫妻はアーロンを、ユタ州南部のエスカランテという小さな町のそばの荒野で実施される、63日間のコースに参加させることにした。彼はハキハキと話すひょうきんな子どもで、成績は良く、詩のコンテストで表彰されたこともあった。だが、フェニックス・セントラル・ハイスクールの2年生になると、毎日マリファナを吸って授業をサボるようになり、成績は急落した。両親に何度もうそをついてはバレ、反抗的な態度はひどくなっていき、しょっちゅう泣きわめくようになった。

その年の1月、ひょろ長くやせた体に肩まで髪を伸ばしたアーロンが、学校の駐車場でクリップス〔有名なストリートギャングチーム〕の集団に囲まれている姿が目撃されている。本人はギャングの一員であることは強く否定したものの、目撃者によれば、彼はクリップスたちから〝ラビット〟と呼ばれ（これは明らかにギャング内で使われるあだ名である）、いかにも知り合いのように振る舞っていたという。アーティストであり、不動産屋でパートをしているサリーと、地元フェニックスでは名の知られた建築家であるボブは、息子がクリップスから大麻を買うか、あるいは売人をしているのではないかと気をもんだ。

『本当に恐ろしかった。アーロンが坂道を転げ落ちていくように見えたんです」とサリーは言う。そしてベーコン夫妻は、本格的な手段をとるべき時が来たと判断した。

2年前、二人はアーロンの兄であるジャリッドを薬物依存の治療を受けさせるため、ミネソタ州のヘーゼルデンという有名な医療施設に送り込んだ経験があった。だが、2万ドルの費用をかけて1カ月治療したにもかかわらず、家に戻ってから2週間もしないうちに、ジャリッドはふたたび薬物に手を染めた。「だから、ああいった入所施設はアーロンには合わないと思ったんです。それに兄のジャリッドのときほど問題は深刻ではないように見えました。なので、まずはほかのところを試してみようと」

サリーは友人の知り合いから、問題のある若者の更生に定評があるというノーススターなる会社について聞いたことがあった。同社のプログラムは集中的なカウンセリングと〝厳しい愛情〟、それに砂漠でおこなわれるスパルタ式の訓練を組み合わせた「荒野療法」と呼ばれる、近ごろ人気を博しつつあった治療法に基づくものだという。それを聞いて、ベティ・フォード・センター〔カリフォルニア州にある薬物依存の治療施設〕とアウトワード・バウンド〔イギリス発祥の青少年健全育成を目的としたアウトドアスクール〕を組み合わせたような学校だとサリーは思った。取り寄せたパンフレットには「ノーススター・エクスペディションに入学した生徒たちは、母なる自然は誰も特別扱いしないことを学びます。そして責任感と自制心を身につけ、やる気を養うのです」と説明されていた。

2カ月のプログラムの参加費は1万3900ドル。さらに775ドルを追加すれば、ノーススターの職員がアーロンを合宿地のエスカランテまで〝エスコート〟するという、同社が強く勧めるサービスがあった。ただ、かつてはおおいに繁盛していたボブの設計やコンサルティング業も、いまでは倒産寸前に追い込まれており、ベーコン一家の手元にそんな大金はなかった。だが、それでもノーススターのオーナーやプログラムが更生に役立ったという子どもたちの親の話を聞いた二人は乗り気になった。「ノーススターはアーロンが自尊心を育む手助けをしてくれるだろうと思いました。厳しい道のりにはなるでしょうが、大自然に囲まれた息子が一日中歩きながら、自分の抱えている問題をセラピストと話し合い、夜はキャンプファイアを囲んでいる姿が目に浮かびました。まさにいまの彼にぴったりだと思ったんです」

それでもまだ二人は心配だったため、フェニックスのホテルでノーススターのオーナーであるランス・ジャガー、バーバラ・ジャガーと長時間話し合ったときにこう切り出した。「うちのアーロンは本当にやせているんです。それが心配なんですと私が言ったら、バーバラは『ああ、うちでは生徒をやせさせたりは絶対にしませんよ』と請け合ったんです」とサリーは言う。

さらにボブが、アーロンは脅しても素直には従わないと話すと、「ご心配なく」とランスが応じた。体重125キロ、消火栓のように太い首をした、押し出しの強い元MP〔軍隊内部の秩序維持をおもな任務とする軍人〕だ。「私は子どもと付き合う天才なんです。みんな心を開いてくれますから」。納得したサリーとボブは、参加費を払うために自宅を二番抵当に入れ、アーロンには何も告げないまま入学を決めた。

3月1日の朝6時。家で飼っている3匹の犬が部屋のドアの外であげるうなり声で、アーロンは目を覚ます。ほどなくして父親とともに、ランス・ジャガーとその義理の兄であるドン・バークハートが部屋に入ってきた。ランスはがっしりとした手でアーロンの腕をつかむと、「一緒に来るんだ。ちょっとでも逆らったら、逃げようとしていると見なして、しかるべき処置をとる。わかったな？」と言った。

裸足のまま外に連れ出されておびえているアーロンをサリーは抱きしめようとしたが、ランスは腕を放そうとしない。涙をこらえ顔を手で覆ったサリーは、息子を突き放すべく「愛してるわ。怖がらないで。あなたにとってこれが一番なのよ」と言った。ランスに急かされ、外に止まっていた車に押し込まれたアーロンは、地元の空港から単発エンジンのセスナ機でエスカランテへと送られた。

それから1カ月、サリーは週に何度もノーススターに電話をして、アーロンの様子を聞いた。だがあまり良い知らせはなかった。いつも電話に出るノーススターの女性職員ダリル・バルトロメオいわく、息子は「けんか腰で泣き虫であり、ほかの子どもたちはみな腹を立てている」とのことだった。そして、時が経つにつれ、事態はより悪化していった。3月30日の電話でバルトロメオは、ベーコン夫妻に長い時間をかけて、アーロンの態度があまりに悪いので、このプログラムをもう一度やり直す必要があるかもしれないと告げた。

その日の午後、ジャリッドがサリーをランチに連れ出すと、アーロンをノースターに送り込んだことを「大げさすぎる」と責めた。「アーロンの問題はそんなに深刻じゃなかった。あんなところにいるべきじゃない」。サリーは自分の長男から叱られたのだ。

その24時間後、アーロンは死んだ。解剖の結果、死因は穿孔性潰瘍による急性腹膜炎。小腸に空いた2つの穴から消化器の内容物が漏れ出し、腹腔全体に毒素が広がって、感染症を引き起こしたという。

ノースターは、この症状はなんの前触れもなく突然起こったため、現場のスタッフや救急隊員による応急処置や救命ヘリの要請といった懸命の努力もむなしく、アーロンの命を救うことはできなかったと説明した。ガーフィールド郡保安官による予備調査報告書も、ノーススター側の、この悲劇は避けようのない不慮の事故だったという主張を裏づけるかのような内容だった。

ボブとサリーは悲しみに打ちひしがれた。二人が最後に息子の姿を見て言葉を交わしたのは、ランス・ジャガーに無理やり家から引きずり出され、戸惑っておびえているあの朝が最後だった。なぜノースターに行かせることにしたのか、本人に説明すらできなかった。「アーロンが死んだあと」とサリーは言う。「私の唯一の望みは息子の遺体を取り戻すことでした。

抱きしめて、さよならを言いたかった。ごめんなさいを言いたかった」

だが3日後、フェニックスの霊安室に遺体が到着したとき、罪悪感は怒りに変わった。「アーロンの顔を見てすぐ、何かがおかしいことがわかったんです」。かけられたシートを引っぱると、明らかにボロボロで、ひどくやせ細った体が現れた。サリーは半狂乱で叫び出し、目を覆った。「脚はほとんどつまようじのようでした」と、そのときのことを思い出した彼女はすすり泣きながら語る。「腰骨は飛び出していて、まるで強制収容所の犠牲者みたいにあばらが浮いていました。それに頭のてっぺんからつま先まであざだらけで、腿の内側はめちゃくちゃに傷ついていた。子どものときについた右目の上の傷跡がなければ、息子だとわからなかったでしょう。葬儀屋はこんなにひどい状態の遺体は見たことがないと言っていました」

「その瞬間、アーロンの死がアクシデントではなかったことがはっきりしました」とボブ・ベーコンも言う。「息子の身に何かひどいことが起きたのがわかったんです」

アリゾナ州中央部、乾燥した高地に切れ目のように空いた細い谷の底で、照りつける太陽のなか、1匹のワニトカゲが岩の上にペタペタとよじ登っていく。それを素早く岩から引き剥がしたのは、煤で汚れた丸顔にボッティチェリのような金髪の巻き毛をひとまとめにした、大柄ではにかみやの16歳の少年、クレイグだ。「これでつかまえたのは10匹目だよ」。太い指で獲物をつかんだまま自慢げにそう言うと、頭を切り落として口に放り込み、飲み込んだ。

彼はいま、アリゾナ州メサを拠点とする非営利団体「アナサジ財団」が運営する、問題を抱えた青少年のための9週間のプログラムに参加中で、ほかの3人の気まぐれなティーンエイジャーと、3人の大学生ほどの年のカウンセラーとともに岩だらけの小川のほとりでキャンプをしている。ほかにも合計で40名ほどのアナサジの生徒たちが、付添人と一緒に付近の峡谷に散らばっていた。

クレイグが火をおこすあいだ、15歳のダニーと14歳のスチュアートは近くの砂場にしゃがみ込んだまま、何も言わずしかめ面で、この変わった治療法の一環である日記を走り書きしている。すると突然、ファンファンファンファンという耳をつんざくような音で静寂が破られ、沸き立つような空からヘリコプターが近くの尾根に舞い降りた。無線での短い会話から、ほかのグループの生徒が覚せい剤の禁断症状のせいで、遠くの病院に搬送されることがわかる。のちにその少年の症状はたいしたことはなく、どうやらこのプログラムから抜け出すために発作を起こしたふりをしただけだったことが判明したものの、あの「ノーススターでの一件」を受けて（カウンセラーたちはその話題に触れるとき苦い顔をした）、アナサジの運営者たちは決して危険を冒そうとはしなかった。

次の冬には、アーロン・ベーコンの死について、重度の児童虐待とネグレクトの疑いで告発された、ランス・ジャガーとノーススターの社員7名がユタ州パンギッチで裁判にかけられることになっている。荒野療法のさなかに死亡した少年は、アーロンが初めてではなかったものの――こうしたプログラムが70年代に開始されて以来、アメリカ全土で12人以上の死者が出ている――彼がひそかに書き残していた最後の日々の恐怖を克明につづった日記が公開されると、メディアでは嵐が巻き起こった。そして、いまや数百万ドル規模となった荒野療法業界に、これまでにないほど厳しい目が向けられるようになったのだった。

現在では崩壊した家庭やコントロールの利かなくなった青少年は膨大な数にのぼり、さらに増えつづけている。そのため、青少年更生を目的とした施設ではキャパシティをはるかに超える需要をつねに抱えている。「世の中には絶望に追い込まれた親がたくさんいます」と静かに語るのは、アウトワード・バウンドUSAで安全管理を担当するルイス・グレンだ。同校では問題のある青少年向けのコースを数を絞って提供しているが、スパルタ式のやり方はとっていない。「しかし、親たちの多くは手っ取り早い解決策を探しています。『お金はあります。うちのおかしくなった子を連れていって、1カ月でいい子にしてください』とね」

アーロンの死をめぐる裁判は荒野療法に決定的な問いを突きつけた――判決はどうあれ、長期的に重要なのはその問いへの答えの方だと言えるだろう。すなわち、本当に効果はあるのか？　更生の確率は何パーセントなのか？　どの程度リスクがあるのか？　そうした合宿に、力ずくの行動矯正以上の、本物の治療効果があることを誰が担保するのか？

目下のところ、これらの問いにはまともな答えがない。現在アメリカでは、120を超える企業が荒野療法ビジネスをおこなっており、その一部——とはいえ20を超える会社が、スパルタ式の手法を採用している。荒野療法という名の通り、まともな道路から数キロは離れた場所でおこなわれるこうしたプログラムに監視の目を届かせるのは容易ではない。それにアーロンの事件を見ると、過去に起きた2件の死亡事故を受けて5年前にユタ州で制定され、大げさに喧伝された一連の条例は、みなに偽りの安心感を与えたにすぎなかったのではないかと思わされる。

この件に関して社会がどう対応すべきかについて、意見は大きく割れている。裁判がおこなわれるユタ州パンギッチでは、ノーススター側の弁護士が、アーロン・ベーコンはほら吹きであり、そのオオカミ少年ぶりがあまりにひどかったので、本物の問題を訴えたときにもスタッフたちはすぐにそれを信じることができなかったと主張。さらにアーロンと同じグループにいたほかの生徒たちの親も、ノーススターは子どもを薬物乱用や売春をはじめとする非行から救ってきたのだから、事業を継続するべきだという見方をしているようだ。

だが一方で、この悲劇は業界に厳しい規制をかける必要があることを明らかにしたと見る人たちもいる。「ノーススターの問題は、業界全体に暗い影を落としました」と嘆くのは、全米野外キャンプセラピー協会（NATWC）という団体の創立者であるアーチー・ブイエだ。30を超える野外学校からなるこの協会は、アーロンの死をきっかけに、安全基準を満たした団体への免許制を導入し、危険な運営を根絶するために結成された。

だが、1990年に、ずさんな運営をしていたサミット・クエストという野外学校で、娘のミッシェルを亡くしたキャシー・サットンは、NATWCの志は認めつつも、業界の自浄能力には疑いの目を向け、「彼らは、両親をだまし、子どもを虐待してその命を危険にさらすことであまりにも多くのお金を稼いでいる」と痛烈に断じている。「だから、政府がもっと厳しく監視しないと」。彼女は、サミット・クエストの保険会社から受け取った34万5000ドルの和解金を使って、「安全な青少年キャンプのためのミッシェル・サットン財団」という監視団体を自ら立ち上げた。

こうした悲劇を生みかねない危険なプログラムを実施しているのがノーススターだけであるはずがないと主張するサットンは、とくにニューメキシコ州を拠点とし、ベトナム戦争の元戦闘機パイロットであるマイケル・パー率いる「パスファインダーズ」という荒野療法キャンプ団体を警戒している。すでに虐待の事実ありとして訴状が提出され、州政府がその運営実態を調査中であるにもかかわらず、いまのところなんのとがめも受けず、フル稼働している団体だ。

ただ、ブリガム・ヤング大学の野外教育学教授で、前述のユタ州における免許制導入の急先鋒でもあるダグ・ネルソンは、業界全体をひとくくりに扱うのはフェアではないと言う。「いま起きているマスコミの悪評はすべて、一部の粗悪なプログラムのせいだ。使い方さえ間違わなければ、荒野療法は問題のある青少年の更生にとても大きな力を発揮する。自然のなかで1〜2カ月過ごすことで、入所型の施設での1年間の治療に匹敵する効果が上がるのをわれわれは見てきた。ただ残念ながら、そうした強力なツールが悪の手に渡れば、非常に危険な事態を招く」

自然が人の魂を癒やすという考え方自体は、ボーイスカウトやジョン・ミューア〔アメリカのナチュラリストの草分けとして有名な人物〕、あるいは旧約聖書の例を見ればわかる通り、はるか昔から存在している。だが、自然という金床で性格を鍛え直すというアイディアがビジネスとしてパッケージングされて活況を呈しはじめたのは、ここ半世紀ほどのことだ。

第二次世界大戦の初期、ドイツのUボートが連合国の商業船を多数撃沈したことで、数千人の船乗りが救命ボートで嵐の吹き荒れる北大西洋に放り出されることになった。だが驚いたことに、真っ先に命を落としたのは、若くて頑強なはずの船員たちだった。これを見て「若者は自立心も自信もなく、危機を乗り越えるのに不可欠な、仲間との深い絆も築けていない」と感じたドイツの教育者クルト・ハーンは、この状況を変えるため、亡命先のイギリス、ウェールズで「アウトワード・バウンド」という野外学校を設立することにした。

そして戦争が終わってからも、ハーンの学校は規模を拡大しながら、イギリス人が平和な社会でより高い成果を挙げられるようになるためのツールとして、以前と同じ厳しいアウトドアカリキュラムを提供しつづけた。1962年、アウトワード・バウンドはアメリカに進出し、コロラド州西部の山深い地域に支部を開設した。定番の26日間コースには、ロッククライミングや、強行軍の山歩き、荒野での3日間の単独行動などが含まれていた。

アメリカ人にはこのコンセプトがとても魅力的に映ったようで、参加希望者が大挙して押し寄せた。そこでアウトワード・バウンドはメイン州からオレゴン州まで次々と新支部を開設。さらに同校のOBによる多くの模倣業者が誕生し、とどまることを知らない需要に応えた。1970年代になる頃には、アウトドア活動を通じた自己啓発プログラムを提供する専用施設は全米で200を超えた。

アウトワード・バウンドの影響を受けたこうしたプログラムのうち、かなりの数がユタ州プロボにあるブリガム・ヤング大学で誕生している。そのきっかけとなったのは、1960年代の半ばに同校に入学した、アイダホ州の農家出身のラリー・ディーン・オルセンという青年だった。オルセンは独学でサバイバル技術を学んだ、いわばマニアであり、石を使っての矢尻のつくり方や、罠の掛け方、食料の調達法などに詳しかった。そして大学の学費の足しにするため、彼は地元のハンターや漁師に未開の地での初歩的なサバイバル技術を教える夜間クラスをはじめた。

1968年にオルセンは大学から、成績不良の生徒を対象にアウトワード・バウンドのプログラムを参考にした試験的な〝探検〟プログラムを取り仕切るよう依頼を受ける。ユタの砂漠でおこなわれた1カ月におよぶこの行程は、肉体的には非常に過酷なものだったが、プログラムをやりきった26名の生徒の大半が、そのあとの学期で驚くほど成績を伸ばした。このプログラムはただちに学部の標準的なカリキュラムに組み込まれて大好評を博し、最終的には大学のレクリエーション・マネジメント&ユース・リーダーシップ学部の看板になった。

その後に記した『アウトドア・サバイバル・スキル』という著書が広く読まれたことで、オルセンはちょっとした有名人となった（現在50代となった彼は、鹿革の服と暖炉を囲んでのおしゃべりが好きな、気取らない社交的な男だ）。ちなみに彼自身は1970年代のはじめに、プログラムの管理不行き届きと、性的に不適切な振る舞いがあったとしてブリガム・ヤング大学を追われているのだが（「ラリーはちょっと女好きすぎた」と同僚の一人が語っている）、それでも同校の野外教育カリキュラムは成功を収めつづけ、その人気は衰えることを知らなかった。

じつはブリガム・ヤング大学は末日聖徒イエス・キリスト教会と深い関わりがあり、オルセンのサバイバル講義とそれに続くプログラムを生んだ文化は、モルモン教の価値観に強く影響を受けている。結果として、この大学の野外授業は、アウトワード・バウンドのそれとは大きく毛色の異なるものとなった。モルモン教が根本にあるそのプログラムは、近代的なテクノロジーに頼ることなく、その土地に寄り添って生活するための原始的な技術に重きを置く。その核になるのが、アウトワード・バウンドにはなかった宗教的な要素だ。ブリガム・ヤング大学のコースは、なによりもモルモン教への信仰を深め、若き聖徒たちに最後の審判に向けた準備をさせることを目的とした、非常に宗教的な行事なのだ。

このコースの修了生たちは、モルモン教徒特有の熱心な布教活動により、同様のプログラムをアメリカ西部全体に広めた。そのほとんどは問題なく運営されていたが、アーロン・ベーコンの一件を予見させるような、重大な事故もいくつか起きている。1974年、アイダホ州保健福祉局が運営するプログラムに参加した12歳の少年が、脱水症状を起こし熱射病で死亡。翌年には、ブリガム・ヤング大学が運営するプログラムで、ユタ州のバー砂漠を行進中だった若い女性が、同じく脱水症状で死亡している。いずれもスタッフの経験が浅く、訓練も不十分で、装備も整っていなかった。この2つの死亡事故は、基本的な注意事項さえ守られていれば容易に防げたはずのものだ。

「当時は、こうしたコースのスタッフたちはプログラムの進行や安全管理について、ほとんどなんの訓練も受けていませんでした」と語るのは、ブリガム・ヤング大学の卒業生で、現在は「ウィルダネス・コンクエスト」という模範的な野外教育プログラムを主催しているラリー・

ウェルズだ。「しかもスタッフは1人で30名から40名の生徒を担当することもしょっちゅうで、無線機はなく、水筒もろくに準備していない。『われわれは神の御業に従っているのだから、つねに神がみんなを見守ってくれる』そう固く信じられていたんです」

しかし、1974年と1975年に相次いで起こった死亡事故が警鐘となった。ブリガム・ヤング大学は、母校の野外教育コースによってひどい非行少年だった自分が責任感を持った大人に生まれ変われたとの思いを胸に抱いていたウェルズを雇い入れ、プログラムの抜本的な改革と、適切な安全基準の確立に乗り出したのだ。だがそもそも、素直に言うことを聞かない青少年を荒野に送り込むというのは、本質的に危険な試みであり、その後も事故はつづいた。80年代の中ほどには、商魂たくましいことを除いては悪い評判はいっさい聞かなかったスクール・オブ・アーバン&ウィルダネス・サバイバル（SUWS）が運営していたコースに参加した13歳の少年が崖から落ちて死亡。また、ボールダー・アウトドア・サバイバル・スクール（BOSS）という同じく評判のいい民営団体のコースでも、おそらくはリスから感染したと思われる腺ペストによる死亡例がある。さらにアリゾナ州ツーソンを拠点とする、ビジョン・クエストという悪名高い野外プログラムでは、これまでにすくなくとも16名にもおよぶ死者を出している。

こうした死亡例の多くはニュースで取りあげられはしたものの、大きな騒ぎにはならず、80

年代を通じて荒野療法プログラムの数は増えつづけた。前述のBOSSやSUWSを含む、新興スクールの多くはブリガム・ヤング大学の卒業生が個人で立ち上げたベンチャー企業だったが、概してどの学校もそれほど多くの生徒を集めたわけではなく、さほどもうかってもいなかった。だが、1987年に、スティーブン・カルティザーノという若き強烈なカリスマが現れ、その天才的なマーケティング力によって、わずかなもうけしかなかったこの業界を一気に金のなる木に変える。

スティーブン・アンソニー・カルティザーノはチェロキー族〔インディアンの部族のひとつ〕の母親とイタリア系アメリカ人の父親から受け継いだ、彫りの深い顔立ちと鋭い目をした男だった。ただ、本人いわく、カリフォルニア州モデストで過ごした少年時代は決して幸せなものではなかったという。両親のうち、片方はヘロイン中毒で、もう片方は暴力を振るった。物事を大雑把にとらえることで知られているカルティザーノだが、こうした幼少期のつらい経験について、問題を抱えた10代の若者たちに深く共感し、結果的に彼らを助けることに自らの道を見いだす原動力になったと主張している。

今年の8月で40歳になるカルティザーノは、1974年にアメリカ空軍に入隊し、名門であるフェアチャイルド空軍基地サバイバル・スクールの教官となった（ちなみにこの学校は、さる6

月、操縦するF—16戦闘機がボスニアで撃墜され、その後、敵地で6日間を生き抜いたのちに救助されて話題となったスコット・オグレディ空軍大尉がサバイバルスキルを磨いた場所でもある)。最終的に二等軍曹まで昇進したあと、精鋭ぞろいの第129救難飛行隊でパラシュート隊員となり、1979年にはワサッチ山脈での危険な救助活動での功績により、メリトリアスサービスメダルを授与されている。一方で、この軍人時代にモルモン教徒のパイロットと親しくなり、末日聖徒イエス・キリスト教会で洗礼を受けている。その後、ユタ州に移り、ブリガム・ヤング大学に入学する。

キャンパスでは目立つ存在であり、ショービジネスの世界でキャリアを積みたかった彼は、映画と演劇の勉強に明け暮れた。そして、空軍のパラシュート・レスキュー隊が活躍する脚本——モルモン教信者で、イタリア人とチェロキー族の血を引く、ハンサムだが影のあるパラシュート部隊の隊員、スティーブ・モンタナを主人公とする脚本——を書いた。結果から言えば、カルティザーノはハリウッドに進出することも、ブリガム・ヤング大学を卒業することもできなかった。だが、短いあいだだったが、在学中に野外教育コースのインストラクターとして働いたことで進むべき道を見つけた。

学問の世界を離れたあとは、ブリガム・ヤング大学の卒業生たちが営利目的の野外教育プログラムを運営していることに注目し、自ら学校を立ち上げることを決意する。そこで、母校のプログラムを長年指導し、BOSSを設立したダグ・ネルソンをコンサルタントとして雇った。

「スティーブン（カルティザーノ）は、2カ月のコースの受講料を9000ドルにするつもりだと話していた」とネルソンは振り返る。「当時、こうしたプログラムは1カ月で500ドルくらいが相場だった。だから、私はそんな大金を払う人なんているはずがないと言ったんだ」

だがカルティザーノは止まらなかった。自らの学校を「チャレンジャー・ファンデーション」と命名し、ハワイの僻地で開催するコースを宣伝すると、9000ドル出しても素行不良の我が子を参加させたいという親たちをあっさりと見つけ出した。そしてこの成功の勢いを買って、1988年1月に拠点をユタ州に移し、エスカランテの郊外でプログラムをはじめる。参加費は1万2500ドル、さらに1万5900ドルと上がっていったが、それでもチャレンジャーの生徒は爆発的に増えていった。この年の終わりにはカルティザーノの会社は50名の従業員を擁するようになり、利益は300万ドルを超えた。

アウトワード・バウンドがそうであったように、モルモン教徒が運営する野外学校の大半も、その頃一世を風靡していた「人間性回復運動」の影響を強く受けている。それまでのモルモン教のプログラムでは、子どもたちに体を酷使させるが、一方で接し方は優しく繊細で、感情面にかなりの配慮がされていた。だが、元軍人で血気盛んなカルティザーノは、こうしたソフトで思いやりあるアプローチをよしとせず、かわりにビジョン・クエストという、映画『明日の壁をぶち破れ』の影響を受けた、非常に厳しいプログラムをおこなう学校を参考にした。そして、チャレンジャーでも軍隊式の厳しい規律を課したのである。

「我が校の哲学はとてもシンプルだ」とカルティザーノは言っている。「規律を定め、それを守る。それに尽きる。われわれが預かる子どもの多くは傲慢で反抗的で、コントロールが利かない。ほかのやり方では効き目がなかったんだ。裁判所から送られてくる子も多い。そうした子どもたちに、自分のおこないにはすぐに報いが返ってくることを示す。家では通用した言い訳も、母なる自然には通じない。自己責任を教え、いきがった態度を改めさせる。効果は絶大だった」

1989年のチャレンジャーのプログラムを撮影した1本のビデオには、バンに乗せられ、真夜中に人里離れた砂漠に連れてこられた新入生たちが、これからはじまる63日間800キロを超える行進を前に恐れおののく姿が映っている。骨のネックレスをつけ、バイク乗りのようなオリーブ色のバンダナを巻いた巨漢の男が、バンの窓を叩き、すぐにたき火の周りに集まるよう子どもたちを怒鳴りつける。「早く！　早くしろ！　たき火のところに行け！　いますぐにだ！……俺の名はホースヘアー。これから63日間、お前らのお目付役をする。わかったか！」

「イエッサー！」子どもたちは一斉に答える。

「聞こえねえぞ！」

「イエッッサーー!!」

「俺はよく言うんだ」とホースヘアーはカメラに向かって酷薄な調子で言う。「お前らが痛がるまで愛してやる、ってな」

カルティザーノの会社の現場責任者であり代表代行であるこのホースヘアーは、9年間MPを務めた経験もある空軍の退役軍人で、本名はランス・ポール・ジャガー。この頃には、ランスと、同じく敬虔なモルモン教徒であるビル・ヘンリー（ラリー・オルセンのアイダホの知人で、ボーイスカウト活動に積極的だった人物）の二人が、エスカランテ郊外でのプログラムの監督を担当し、カルティザーノはユタ州プロボにある豪邸に住んで（ちなみにこの家は、もともとゴルファーのビリー・キャスパーが所有していたものだった）、営業と広報に専念していた。

愛想が良く口が達者なカルティザーノは宣伝にたけており、〝仲の良い友人〟であったというアメリカ海兵隊のオリバー・ノース中佐がイラン・コントラ事件（アメリカ政府がイラン・イラク戦争中のイランに、極秘裏に武器を輸出して得た資金を、ニカラグアの反政府ゲリラ「コントラ」に提供していたという事件）で有名になった頃に、エスカランテに顔を出すよう説得。その上で、『ソルトレークシティ・トリビューン』紙を呼びだしている。だが紙面では「ただ、仲間同士集まったときに、自分のプログラムを見せただけだ」と、これが自らの仕掛けであることを否定。その上で「オリバーは、問題のある若者を扱うにあたってのヒントが欲しかったのかもしれない」とつけ加えている。

さらに彼は広報担当者を雇い、フィル・ドナヒュー、サリー・ジェシー・ラファエル、ジェラルド・リベラなどがパーソナリティーを務めるトーク番組に出演。「すべての有名トークショー」を制覇した、と豪語している。「俺はみんなに愛された。1年間にわたって、メディアの寵児だったのさ。番組には、うちのプログラムを終えた14~15歳の美しい少女たちが一緒に出演して、ストリートで窃盗やドラッグや売春をしていた自分たちを、いかにチャレンジャーのプログラムが変えてくれたかを話したんだ」。この宣伝は極めて効果的だった。そしてカルティィザーノは、プログラムの修了生がふたたび非行に走った場合、更生するまで何度でも追加料金なしで受講できるというセリフでとどめを刺した。

「テレビへの出演はマーケティング上の金脈だった」とカルティィザーノの元同僚は言う。「あのようなトーク番組を見ていたのは、まさにスティーブンがターゲットにする層だったんだ。電話は鳴りっぱなしで、親たちは子どもを連れていってくれと頼み込み、信じられないほどのお金が転がり込んできた。ただ残念ながら、そんな大金を持ったことがなかった彼は、うまい使い方を知らなかった」

この元同僚いわく、カルティィザーノが新規顧客開拓の旅に出ると、「ランボルギーニのレンタル料が1週間で2000ドル、ホテルが1泊1000ドルということもよくあった。セレブをもてなすのに週末だけで1万から2万ドルも使ったりね」。そのせいで、大金が入ってきているにもかかわらず、チャレンジャーは取引先への支払いが滞るようになり、手形は不渡りになり、債権者から苦情がくるようになり、内国歳入庁からは未払いの法人税19万6000ドルについて問いただされた。

さらに時を同じくして、カルティザーノと二人の兄弟を筆頭に、チャレンジャーのスタッフたちが、生徒に身体的虐待を加えているという告発が飛び交いはじめた。ケーン郡の元保安官であるマックス・ジャクソン（チャレンジャーはケーン郡とその隣のガーフィールド郡でプログラムを実施していた）は、「われわれが一人の子どもをプログラムから抜けさせたとき、その子はまるでアウシュビッツにでもいたのかと思うくらい体中あざと擦り傷だらけだった。それにほかの子が逃げようとしたとき、カルティザーノはヘリを使ってつかまえると、丘の上に連れていって、腹を数発殴りつけたんだ」と証言している。

カルティザーノは結婚していて4人の子どもがいたが、ジャクソンによれば「あるとき、生徒の母親の一人と恋仲になり、うまく丸め込んで、持っていた限度額なしのVisaのゴールドカードを取りあげた。そして彼女がだまされたことに気づいたときには、6万5000ドルを使い込んでいた。さらに彼女と寝て、その金を奪ったのみならず、その13歳の娘とも肉体関係を持った」という。

「奴は本当に口がまわるんだ。自分の言葉に酔っているところがある。じつは私は数年前にF

ＢＩアカデミーで、ソシオパス〔反社会的人間〕の類型学を学んだ経験があるんだが、そこで挙げられた20の特徴のうちの19に、カルティザーノは完全に当てはまっていた」。90年代のはじめには、カルティザーノは債権者や不満を抱いている顧客から複数の訴訟を起こされ、さらにユタ州当局からもさまざまな面から調査を受けている状態だった。

ただ本人はこうした法的な問題を、〝個人的な恨みによるもの〟と切り捨てた。いわく「（ジャクソン保安官とユタ州当局は）俺をやっつけようと躍起になっていた。それに、こうした訴訟はすべて、頭のおかしい子どもの申し立てに基づいているが、奴らはどうしようもないうそつきで、プログラムから逃げ出すためなら何でもするズルの天才だ。職員から虐待されていると訴えるのがいちばん手っ取り早いことを知っているんだ」とのこと。１９８９年には、開き直ってこう宣言している。「小役人どもがこのプログラムをサバイバル・キャンプからただのサマーキャンプに変えることは、この俺が断じて許さない。誰を相手にしているのか、彼らはじきに思い知ることになるだろう」

だがカルティザーノが金銭的、法的問題を抱えるようになると、入学事務担当であったゲイル・パーマーという女性職員がチャレンジャーを辞め、自らサミット・クエストという荒野療法の会社を立ち上げた。彼女は実質的にアウトドア経験はゼロで、荒野やセラピーに関しても、営業でチャレンジャーのコースを売り込むことで得た知識以外ほとんど知らなかった。「しかしパーマーはスティーブンのもとで働くのにうんざりしていたし、すくなくとも彼がやれるくらいには自分でもできるだろうと思っていた。だからチャレンジャーを離れて、自ら看板を掲げ、ビジネスに乗り出したんだ」とダグ・ネルソンは言う。

初めて開講されたサミット・クエストのコースには5名の申し込みがあった。費用は1万3900ドル、行程は63日というものいつも通りの長さだった。パーマーは最低賃金しか払っていない二人の若いカウンセラーとともに、子どもたちをグランド・キャニオンのノースリムの近くにある、シブウィッツ高原という乾燥地帯に送り込んだ。最初の数日間、ミッシェル・サットン——とくに問題を抱えているわけではなかったが、すこし前にデート相手に無理やりセックスを強要されたことで落ち込んだ気持ちを元に戻すため、自ら志願してこのコースに参加したかわいい15歳の少女——は、疲労感や、ひどい日焼け、吐き気などを何度も訴えた。一行が砂漠を進んでいくなか、彼女は水を飲もうとしてもほとんど吐いてしまい、それ以上歩けないと言った。ただ、こうした申し立てはワガママを通すための演技なので無視するようにと指示されていたチーフ・インストラクターは、サットンに「君はいま自然から〝警告〟を受けて、変わっている最中なんだ」と言った。

1990年5月9日、疲労とめまいを訴えつづけたサットンは、標高2155メートルのデレンボー山に登っている最中に何度も倒れる。自分の分の水はすでに飲みつくしてしまった彼女は喉の渇きを訴えたが、水は配給制で、ほかの生徒は分け与えることを禁止されていた。そして、ろれつがまわらなくなり、目が見えないと叫んだあと、意識不明におちいって、そのまま死亡した。カウンセラーたちはまともに機能する無線機を持っていなかったので翌日になるまで助けを呼ぶことはできなかった。

ゲイル・パーマーはサットンは薬物の過剰摂取によって死んだと主張したが、彼女の遺体からドラッグは検出されず、死因は脱水であると検死官は断定した。すると、すぐさまメディアに登場したカルティザーノは、パーマーのプログラム運営は業界全体の評判を落とすようなひどくお粗末なものだった、と激しい非難を浴びせ、さらに、「チャレンジャーでは、ミッシェル・サットンの命を奪ったような悲劇は、決して起こりません」と笑顔でつけ加えた。

しかし、それからたった6週間のうちにそれは起きた。1990年6月27日。チャレンジャーのコースに参加してから5日目に、フロリダ出身のクリステン・チェイスという16歳の少女が40℃近い暑さのなか8キロの行進を終えたあとに倒れた。今回もカウンセラーたちは、つらさを訴えた彼女を演技をしているとして相手にしなかった。無線機は持っていたものの、チェイスが倒れたときにすぐに救急要請をせず、キャンプまで運ぼうとした。そうこうしているあいだに、彼女の心臓は止まってしまった。

この事故はエスカランテ西部にあるフィフティー・マイル・ベンチと呼ばれる台地で起きた。以前、チャレンジャーでは緊急事態が発生したとき、アリゾナ州ペイジから完全装備の救急ヘリを飛ばしている「クラシック・ライフ・フライト」という会社を利用していた。このライフ・フライト社であれば25分以内に現場まで飛んでこれるのだが、カルティザーノが未払いの料金をめぐって同社と対立していたため、このときはブライス・キャニオンという別の会社から観光用のヘリを呼んだ。結局、ヘリが到着したのはチェイスの呼吸が止まってから2時間後だった。検視の結果、彼女の死因はミッシェル・サットンと同じ熱中症と脱水──砂漠の旅にもつともありがちで、防ぐのも簡単な症状──によるものであることがわかった。

クリステン・チェイスの死後、ユタ州当局はカルティザーノとチャレンジャーの現場責任者であるランス・〝ホースヘアー〟・ジャガーを、過失致死傷罪とチェイスの件を含む9件の児童虐待の罪で起訴した。だがジャガーは、ケーン郡の検察官と司法取引をして、カルティザーノに不利な証言をするかわりに、自らへの嫌疑を不問にしてもらうことにした。

裁判は1991年9月にユタ州のカナブで開かれた。ジャガーを含む複数の従業員が、チャレンジャーでは生徒を殴ることをはじめとした数々の虐待がおこなわれていたことを証言した。「われわれはついにカルティザーノを追い詰めたんです」とマックス・ジャクソン保安官は言う。しかし5日におよぶ証言の末、被告側の弁護士が、訴訟の開始に際して裁判官が陪審員に罪状を読み上げるのを忘れたことを指摘し、無効審理となった。

8カ月後、ソルトレークシティで再審理がおこなわれた。だが、ジャクソンいわく「今回、すでに検察側の作戦を知っていたカルティィザーノは高額の報酬を払って、ニューヨークから優秀な弁護士を呼び寄せました。しかもこの裁判のさなかに、検察官が大量のアルコールを飲んで運転するという不祥事を起こし、逮捕せざるをえなくなったんです。結果、カルティィザーノは罪を免れ、おとがめなしということになってしまいました」

のちに、陪審員の一人はこの評決について次のように語っている。「私たちはカルティィザーノを無罪だと言ったのではありません。検察が有罪を証明できなかったと言ったんです……みな、彼のプログラムにはおおいに問題があると感じていました」

だが、ユタ州当局はカルティィザーノを有罪にはできなかったものの、荒野療法業界への監視を強化することにした。そしてダグ・ネルソンやラリー・ウェルズを含む多くの業界関係者が、監視強化を支持し、厳格な規制の草案づくりに協力すべく名乗りを上げた。

ただ、この新しい規制法案を支持する改革賛成派のなかには、元雇用主であるスティーブン・カルティィザーノによる児童虐待行為を口を極めて批判していた、あのランス・ジャガーとビル・ヘンリーもいた。早い段階から、自ら新しい荒野療法プログラムをスタートさせることを表明していた二人は、書類をまとめてしかるべき窓口に提出し、1990年10月にユタ州から営業許可を受けた。結果、クリステン・チェイスの死からたった3カ月で、その悲劇を引き起こした張本人だと目される二人の男がふたたび業界に戻ってきた。彼らの新会社の名前は、ノーススター・エクスペディションだった。

小説家の故ウォーレス・ステグナーは「アメリカのあらゆる場所のなかでも、モルモン教が支配する地域のことはほとんど外には知られていない」と述べたうえで、次のように記している。

赤い岩の台地や山間の湖など息をのむような絶景が喧伝されているわりには、このモルモン教の土地を訪れる観光客は比較的すくない。そして土地自体よりも興味深いのは、この地に根付いた、（モルモン教教祖の後継者である）ブリガムが望んだであろう、他者との関わりを避け、周囲から隔絶された自己充足的な生活を維持する社会の方だ。

モルモン教の社会が部外者にとって偏狭で理解しがたいものであるならば、そのなかでもユタ州南部の風雨にさらされた岩場にある、周囲から隔絶された小さな街はなおさらそうだろう。ガーフィールド郡に位置するエスカランテは、まさにそうした街のひとつだった。この冬、ここから110キロ西に向かったところにあるユタ州パンギッチの中心地では、ジャガーとへンリー、それに6人のノーススターの従業員たちが、アーロン・ベーコンの死について裁きを受けることになっている。当地の保安官事務所の職員は誰に聞かれるでもなく、「エスカランテの人間は何かが違う。私に言わせれば、あそこに住んでいる人たちは何か変なんだ」と言っていた。

エスカランテ（地元では「エス・カ・ラント」と発音する）には近年、カリフォルニアの退職者たちが移り住んでいて、人口は800人程度まで増えたし、国立公園を訪れる観光客を当て込んだ新しいホテルもできている。それでもこの街の住人はこうした〝侵入者〟を許容はしているものの歓迎はしていない。1988年に、カルティザーノがエスカランテにチャレンジャーの拠点を移した当初、地域住人の多くは警戒していた。ただ、チャレンジャーはモルモン教徒が運営する〝良い〟会社であり、現場責任者のランス・ジャガーが、地元の女性――隣町であるトロピック出身のバーブ・レイノルズと結婚した。さらに同社の収益と雇用が低迷していた地域の経済をおおいに潤したため、最終的にはチャレンジャーの従業員たちは徐々に受け入れられていった。

そして、チャレンジャーからカルティザーノがいなくなり、（職員の大部分はそのままに）ノーススターと社名が変わる頃には、地域の社会にしっかりと入り込んでいた。そのため、州当局やメディアがアーロン・ベーコンの死について鋭い質問を投げかけたときも、街の住人の大半はノーススターの擁護にまわった。私自身、この街の「サークルD」というレストランでベーコンの話題を出したところ、ウエイトレスからぶっきらぼうな声で「その話はここでは本当にデリケートな問題よ。彼は麻薬中毒だったし、両親もそうだった。子どもが死んで、誰かのせいにしたくなった親が、立ち直るのに力を貸そうとした人たちの人生をめちゃくちゃにしようとしているのよ」と言われた。

アーロン・ベーコンがランスとバーバラに連れられてエスカランテに到着したのは1994年3月1日のことだった。身ぐるみを剥がされて持ち物検査をされたあと、安物のブーツとアウトドア用品の入ったバックパックをあてがわれた彼は、砂漠に車で連れ出され10日間の順応期間に入った。海抜1700メートルの高所にあるエスカランテでは、3月の気候は寒くて厳しい。治療の一環として、生徒たちは日記をつけることを義務づけられていたが、そのなかではひわいな言葉や、「主の名前をむやみに用いること」は禁じられていた。この辺境の地に到着して最初の日記でアーロンは次のように書いている。

ここに来てからずっと、寒くて震えがとまらない。フェニックスの気候に慣れた体がショックを受けているんだ。死ぬんじゃないかと思うくらいで……とても怖い。誰かと話せるのはいつになるんだろう。そもそも会話は許されるんだろうか。

1990年に起きたミッシェル・サットンとクリステン・チェイスの死亡事故をきっかけに、ユタ州は荒野療法業界に対して新たに厳しい規制を課した。バックパックの重さは生徒の体重の3割を超えてはならず、気温が5℃を下回る状況では各自が寝袋、シェルター、敷きパッドを携行し、週に1回は清潔な服に着替えること。また、プログラムの行程は〝参加者のなかでもっとも弱いメンバーの肉体的限界を超えてはならない〟とされ、1日あたり最低でも1800キロカロリーの食事を摂ることが義務づけられた。このどれかひとつにでも違反すれば、営業免許停止処分の対象になる。

だが、こうした規制を実際に執行するのは、たった一人の公務員——まるまると太ったはげ頭のケン・ステットラーだけだった。彼は州内にある100を超える青少年更生企業を監視することになっていたが、じつのところ、それほど多くのプログラムに目を光らせることは不可能だった。そしてノーススターも監視の目を逃れた。ステットラー自身、敬虔なモルモン教徒であり、同志としてジャガーやヘンリーを知っていたため、無意識のうちに信頼を寄せていた——厳しい新規制の支持者であった彼らがそれに従わないはずがないと思い込んでいたのだ。

(ちなみにステットラーのジャガーとヘンリーに対する信頼は、アーロン・ベーコンの死後も揺らぐことはなかった。事件のすぐあと、彼はノーススターにはなんら落ち度はなかったとして、プログラムの再開を許可している。そしてそれはガーフィールド郡保安官マックス・ジャクソンが強制調査を開始する1994年10月まで、半年にわたってつづいた）

しかし、ジャガーとヘンリーはその信頼をよそに、臆面もなく決まりを破った。土地の使用許可を得た際に生徒の定員は26名と定められていたにもかかわらず、アーロンがエスカランテに到着したとき、現場には合計で33名の生徒がいた。配られた食料はすくなく、個人的な食べ物の持ち込みはできなかったうえに、寝袋やシェルターは当然のように取りあげられた。

ノーススターのプログラムはチャレンジャーと同じ63日間におよぶもので、終了後にふたたび非行に走った子どもがいれば無料での再受講が可能なことを謳っているのも同じだった。現場のカウンセラーたちはほとんどが、正式な訓練を受けていない20歳前後の高卒生で、初任給は月に1000ドルだった。

資格を持ったセラピストは一人だけ雇われていた。臨床ソーシャルワーカーのデヴィッド・〝ドク・デイブ〟・ジェンセンだ。だが、アーロンが彼に会ったのは3月6日の一度だけだった。そして、チャレンジャーのやり方にならって、ノーススターのスタッフによるセラピーは、もっぱら参加者を脅して、ガス欠状態に追い込み、軍隊のような規律に従わせることでおこなわれた。このプログラムは参加者の自尊心を養うと謳っていたが、それはまずそれぞれの子どもたちの意思を徹底的に破壊し、精神的に追い込んだあとでなされるものだった。

ユスカランテに到着してから5日がたった頃、アーロンはカウンセラーの一人がチャレンジャーの元スタッフだったことを知る。そして日記に、以前テレビでチャレンジャーに関する番組を見て、生徒の一人がドラッグのオーバードースで死んだという話を聞いたことがあると記した。クリステン・チェイスの死にはドラッグはなんの関係もないことも、その悲劇がすぐ近くにそびえ立つ高台の上で起きたことも――さらに、いま自分の命運を握っているランス・ジャガーという男が、その事件で過失致死傷罪に問われていることも知らないままに。

3月7日。街に連れていかれたアーロンは、肩まであった髪を切ったあと、ユタ州パンギッチから週に一度来ている医師助手の診察を受けた（エスカランテには医師はおろか、医師助手すらも常駐していない）。そのときの体重は59・5キロ。血液と尿をとって薬物検査をしたところ、マリファナ以外は使っていないことがわかった。

翌日、両親に宛てた手紙のなかでアーロンはこう書いている。

なるべくがんばってプログラムをこなそうとしているけど、ここの人たちの考え方は何もかも、自分がこれまで教わってきたものとは違っているみたいだ。こんな話を信じろだなんてありえないよ……「世の中のセラピストもカウンセラーも心理学者も精神分析医もみんなうそつき」で、そんな奴らを信じるなんでバカだって言われたんだ。昨日の夜は、スタッフみんなでたき火を囲んでAA、NA、CA、アラノンやアラティーン〔すべて、アルコール依存から抜け出すための自助グループ〕がいかに役立たずかについて話していた……ママとパパが恋しい……これを書きながら家族のみんなのことを思うと涙が出てくる。

3月11日。順応期間が終わり、アーロンを含む6人の生徒と2人のカウンセラーからなるグループは、荒野での3週間のトレッキングを開始するため、壮大な砂漠の迷宮へと向かった。最初の2日間、生徒たちは〝体の毒を浄化する〟ため、食事を与えられなかった。この時点でアーロンは、おそらく自分の体力では、このあと数週間にわたって課される課題の多くをこなせないことに気づいた。パーティーのなかでもっとも弱い存在として足手まといになり、ほかのメンバーの怒りを買ってしまうと思うと、気分が暗くなった。「いま、このプログラムのことがすごく怖い」と彼は日記に書いている。「1日中ずっと気持ち悪いし、お腹がすごく痛い」

足にはひどい水ぶくれができて、何度も転び、20キロのザックを背負ったまま立ち上がるのはひどくつらかった。リトル・デス・ホローという名の薄暗い不気味な隘路(あいろ)の奥深くで、滑って転倒したアーロンは岩にあごを打ちつけ、ひどい傷を負った。日記には「スタッフたちは全然気にしていないようだった」とある。「ただ、ぼくが1ガロン(分の水を)ダメにしたのに怒っただけ。慰めたり助けたりはまったくしてくれない……ちょっとでもまずいことをすれば、厳しく責められる」

3月15日。疲れすぎて荷物を背負ったままでは動けなくなったアーロンは、ザックを置いていくことにした。なかにすべての食料が入っていたため、折り返して2日後に戻ってくるまで食べ物なしで歩くしかなかった。

3月18日。エスカランテ川の支流であるコヨーテ・ガルチを横断する際に、一行は首の深さまである氷のように冷たい水のなかを渡らなければならず、服と食料が濡れてしまった。その夜、アーロンはたき火のそばで震えながら次のように記している。「スタッフ、岩場、夜、寒さ、荷物のこと、すべてが怖い……体中血だらけで、鼻血がもう何日も止まらないのも怖い。家では鼻血なんて出たことないのに」

翌日、ブレント・ブリューワーというカウンセラーがアーロンを呼び止め、もっときびきび動くよう叱りつけた。ほかのスタッフや生徒たちも足手まといになっている彼を容赦なくののしり、お前はオカマかとからかった。「みんな、ぼくに腹を立てているか、虫が好かないかのどっちかみたいだ。こっちは愛想良く接しているつもりなのに」とアーロンは書いている。

3月20日。ブリューワーは態度が悪いという理由でアーロンの寝袋を取りあげ、薄い毛布をあてがった。夜の気温は氷点下をゆうに下回っているというのにだ。翌日の日記には、もう丸一日以上何も食べていないと書かれている。

体が言うことを聞かなくなってきた。この3日間、毎晩おねしょをしちゃったし、今日は歩きはじめたときにうんちを漏らしてしまった。なんの前触れもなく、いきなり……ほかの生徒たちはみんな笑いだした……ずっと（スタッフに）調子が悪いと訴えつづけてるんだけど、うそをつくなと言われる。両親にも、ぼくはうそつきで、ぼくの言うことはすべてうそだと報告されるのかもしれない。

最終的に彼を死に至らしめる潰瘍がいつできたのかは不明だが、この時点で行程のストレスによって、ひどく体調が悪化し、明らかな衰弱症状が表れている。だが、その苦しみを誰も真剣に受け止めようとしなかった。翌日の夜の日記には次のようにある。

寒さと風で凍えそう……寒さと痛みのことで頭がいっぱいだ。クレイグ（カウンセラーのクレイグ・フィッシャー）が戻ってきて、これまでにないほど怒り狂っていた……家族が本当に恋しい。ぼくの手も、唇も、顔も、死人みたいだ。

アーロンの日記はこの日、3月21日を最後に終わっている。だが、彼の苦難はその後も続いた。一行がカイパロウィッツ台地の頂上を目指して、ライトハンド・キャニオンとカーカス・キャニオンを登る強行軍を開始したとき、すでに疲れきっていてみなのペースについていけなかったアーロンは、ふたたびザックを放棄している。その結果、3月22日から25日までのあいだ、夜間の気温が氷点下5℃まで下がる、標高2100メートルを超える台地の上で、食べ物も毛布も寝袋もなしに過ごすことになった。

3月25日。ランス・ジャガーとビル・ヘンリーがアーロンのグループの様子を見るため、エスカランテから車でカイパロウィッツ台地にやってきた。彼らは寝袋を持っていなかったアーロンに毛布を与えたが、「きれいにしていなかったから」という理由でコップを取りあげてしまった。ジャガーはさらに仮病について説教を垂れると、カウンセラーたちに、アーロンは「すぐに泣き言を言ううそつき」だから、相応の扱いをするようにと釘を刺した。

だが、アーロンは何日も前から自分のぼうこうや腸をコントロールできなくなっていた。3月28日の夜に漏らした尿で全身を濡らしたせいで、下着なしで行進を続けざるをえなくなった。高地から降りた一行は、行きにアーロンが置いていったザックを回収したが、衰弱した彼は自分で担ぐことができなかった。「カウンセラーはすごく怒りました」と生徒の一人であるジョン・クルックは振り返る。「それで荷物はぼくたちが持つことになりました。そしてキャンプから2キロくらいのところで、アーロンが倒れて立てなくなったので、みんなで運ばざるをえなくなったんです。担がれているあいだ彼はトラヴィス（生徒の一人）に食べたものを吐きかけてしまい、錯乱状態で、星と空が紫に見える、と言っていました」

クルックいわく、アーロンを初めて見たときは「ごく普通の様子だった」が、3月29日の時点では「強制収容所のユダヤ人みたいだった」という。その夜、アーロンはひどく体調が悪いとふたたび訴えたが、クルックによれば「スタッフたちは相手にせず、うそつき呼ばわりして、『ダラダラしてないでさっさと薪を集めに行ってこい！』と怒鳴りました。翌朝、クレイグ（フィッシャー）が激怒して、彼の胸ぐらをつかんで便所に引きずっていったんです」

アーロン・ベーコンが死亡した場所から南に500キロ、アリゾナ州の岩だらけの峡谷にいま、一人の少女がいる。脚にはムダ毛が生え、爪のマニキュアは剥げ、顔を泥だらけにした彼女は、砂の上にひざまずいて、2本の棒とより糸でつくった粗末な弓錐（ゆみぎり）〔木の軸を回転させて摩擦で火をおこす道具〕で火をおこそうとしていた。一心不乱に弓を何度も何度も前後に動かして、火きり棒を素早く回転させ、板の上に置いてあるほぐしたハコヤナギの木切れに擦りつけていく。しばらくして細い煙が立ちのぼり、小さな火種がつくと、それを積み上げた樹皮の上にそっと置き、うまく火を燃え上がらせた。「いい火だね。アンジー！」と言ったのは、同じく薄汚れた格好で、コーンミールを水でこね、見映えの悪い小さなパンケーキをつくろうとしているシェリーだった。「ここにはこれよりマシな材料がないのよ。ほんとにひどいわ」

シェリーとアンジー、それにアニーというもう1人の少女を加えた3人のティーンエイジャーたちは、アナサジ財団が運営する9週間の野外教育コースに参加して7週間目になる。こうしたプログラムに参加させられる子どもたちの例に漏れず、彼女たちも飲酒、ドラッグ、性の乱れ、成績不良、万引きなどのありがちな非行行動によってここに送られてきた。「私は両親に〝さらわれて〟ここに来たのよ。うんざりする」とボストン出身の小柄な16歳のシェリーは不満げに言う。

荒野療法について頭ではかなり理解したつもりの私は、理論がどのように実践に移されているかを知るため、アメリカでもっとも安全で効果的なプログラムを提供していると評判のアナサジで、3人の少女と3人の20歳前後のカウンセラーのキャンプに同行しているところだ。

一見したところ、アナサジとノーススターはほとんど違いがないように思える。どちらのプログラムも、問題を抱えた青少年たちに最小限の装備とわずかな食料を与えて荒野に放り出すことで、従来のセラピーでは変えられなかった不健全で反社会的な行動を改めさせようとするものだ。子どもたちは動物の皮から服をつくり、虫やヘビを食べ、砂漠でのあらゆる困難を乗り越える方法を学ぶ。だが、表面上こうした共通点を持っていても、アナサジとノーススターはまったくの別物だ。

昨夜、隣のグループから2人の少年が、寝袋にパンパンに服を詰めて寝ているように見せかけ、夜の闇に紛れて逃げ出した。30分後に脱走に気づいたカウンセラーたちは、足跡をたどって追いかけ、ちょうど夜が明ける頃に彼らに追いついた。ノーススターでは、脱走を企てた〝悪ガキ〟には、二度と逃げる気を起こさないよう厳しい罰を与えるというやり方で対処していた。だが、アナサジでは違った方法をとっている。

「君たちはどこに向かっているんだい？」とカウンセラーたちは走って逃げる2人に静かに尋ねる。そして、グループに戻るという選択肢を提示したあと、さらに「もちろん、それでもこっちに進みたいなら、それはそれで構わないよ。ただ、安全のため、体にタグをつけさせてもらう。いいかな？」と言った。すると、少年たちは決まり悪そうに、疲れていてお腹も減ったからグループに戻りたい、と申し出た。

アナサジのやり方の根本には、モルモン教の〝選択の自由〟――「神は決して天国に行くことを無理強いしない」――という教義がある。この教えに従えば、誰かに無理やり正しい行動をとらせることは不可能だ。要は、言うことを聞かない子どもたちを〝矯正〟することはできない。ただ、本人たちがそれを選ぶしかない、ということだ。

「ここでは子どもたちに多くのルールを押しつけたりはしません」と言うのは、根っからの明るさがにじみ出ている20歳のカウンセラー、エリザベス・ピーターソンだ。「到着時の身体検査もありません。だから薬物だって、持ち込もうとすれば持ち込めるんです。ただ私たちは、自分からそうしたものを捨てないかぎり、前には進めないことを説明します。このプログラムはすべてが信頼に基づいています。もちろん信頼を築くには時間も手間もかかります。でも、それがなければ、そもそもこういうことをする意味がありませんからね」

こうしたやり方がうまくいっている理由としては、アナサジの若いカウンセラーたちがとても繊細で献身的であり、よく訓練されていることにくわえて、攻撃的だったり暴力を振るったりするような子どもはそもそも参加できないという点が挙げられる（ほかのプログラムはそうした子を必ずしも排除していない）。そのため、ここに集まる子どもたちはあのノースターに比べれば、まだ御しやすいと言えるかもしれない。それでも、その多くは精神的に不安定であり、アナサジのプログラムが普通のサマーキャンプと似ても似つかないものなのは間違いない。

子どもたちは険しい自然のなかを必死に行進し、岩だらけの地面で眠り、雨が降れば木の枝や軍用のポンチョを使って即席のシェルターをつくる（さもなければ濡れるだけだ）。週に一度、コーンミールや小麦、レンズ豆などの主食となる食料が7キロほど入ったバッグが配られるが、そこにはキャンディーやジャンクフードは入っていない。割り当てられる食料は1日あたり2000キロカロリーと必要最小限であり、もし考えなしに早い段階で全部食べてしまっても補充されることはない。その場合、野生の植物やサソリなど思いつくものをなんでも口にして次の配給まで食いつなぐしかない。私が会話を交わしたアナサジの生徒たちは、みな健康で調子が良さそうに見えたが、それでも話すことも考えることも、ほとんどが食べ物のことで占められているようだった。

どこに秘密があるのか、アナサジのスタッフは脅しに頼ることなく、子どもたちに規律を与え、プログラムに沿って行動させることに成功している。声を荒げることもほとんどない。1988年にアナサジ財団を立ち上げたラリー・ディーン・オルセンは（ちなみにこれはスティーブン・カルティザーノがチャレンジャーを設立した直後のことである）、〝脅し〟はアサナジの哲学に反するものだと語る。「それは悪魔のやり方です。子どもを救うには2つしか方法はありません。彼らを愛し、さらに愛すること。優しく、祈りを込めて正しい方向に導く必要があります」

オルセンの語る言葉からもわかるように、アナサジのカリキュラムは宗教的な教義と深く結びついている。子どもたちとカウンセラーは賛美歌を歌い、モルモン教の聖書にある祈りの言葉を一日に何度も唱える。オルセンとともにアナサジを立ち上げたエゼキエル・サンチェスは、このプログラムを「子どもたちの魂のための闘い」と断言している。「モルモン教の聖書には、はっきりと書かれています。『主の側につくか、あるいはルシファーの側につくのかのどちらかしかない』と」。こうした宗教的なお題目を聞くと、果たしてモルモン教のコミュニティ以外の子どもたちにとって、このプログラムは有効なのだろうかといぶかる人も出てくるだろう。だが、すくなくとも一見したところでは、アナサジは驚くべき成果を挙げているようだ。

「最初の1週間は、ここにいるのが耐えられないと思ったわ」と汚れた手をたき火にかざしながらシェリーは言った。「アナサジのすべてが嫌だった。でもいまはここに連れてきてくれた両親に感謝してる。いままでで最高の経験ができているから。私はここで大きく変わったの」

「たしかにね」とアンジーも言う。「ここに来たばかりのときのシェリーはひどかった。ずっと泣いてばかりだし、みんなに当たり散らしてた。でも、いまは幸せそうでしょ。私たちも一緒にいられるようになった。本当に変わったのよ。彼女だけじゃなくて私たち全員」

カウンセラーのいないところで、アナサジの4つのグループの子どもたちと腹を割って長時間話をした結果、私はこのプログラムが彼らを大きく変えていると納得するに至った。ただ、その変化が今後も持続するかどうかについてはなんとも言えない。

1991年にアナサジの卒業生を対象におこなわれた調査では、プログラム修了後の1年間、73パーセントの子どもたちが薬物やアルコールと手を切ることができているという結果が出た。別の調査では、78パーセントが学校での問題行動を、60パーセントが薬物を、62%が「反抗的な行動」を止めることができたとされる。これは立派な数字だし、アナサジが提示する具体的な更生例はさらに印象的だ。ただ、心理学者たちが指摘するように、こうしたデータの大半は自己報告に基づいているため、信頼性についてははなはだ心もとないと言わざるをえないのも事実だ。

これまで長期にわたって科学的に厳密な方法で調査を受けた荒野療法プログラムはひとつもない。そのため、そうしたプログラムを修了した子どもたちが、問題を起こしたときと同じ環境に戻った場合に、以前のような行動をとらないという保証はほとんどない。

また、アナサジで63日間を過ごした子どもと再会する親たちを乗せたバンに5時間ほど同乗した私は、問題児というのはしばしば、めちゃくちゃな家族のせいで生み出されるものだということを思い知らされた。ある一人の父親——お高くとまったカンザス州の医師——が、この移動のあいだずっと威張り散らしながら独り語りを繰り広げるのを聞いて、むしろ息子よりもこの人をアナサジに送り込むべきなのではないかと思ったほどだ。

とはいえ、この父親の話を聞いて多分に自業自得だとは思いつつも、それでも心のどこかでは同情を禁じえなかった。そしてそれはこの車のなかで、自分の子どもがドラッグをやったり、ちょっとした犯罪に手を染めたり、思春期に特有の無気力におちいったりといったありふれた——しかし悲惨な——話を語る、すべての両親に対しても同じだった。もし自分に14歳の娘がいたとして、その子が路上で寝起きをして、コカインを買うために見も知らぬ人間にフェラチオをしていたとしたら、果たしてどうすればいいのか。しかも既存の治療法をすべて試してみても効果がなかったとしたら? 考えるだけで気分が沈んだ。

私はモルモン教徒ではないし、アナサジで施される宗教教育を見てすこし不安になった。しかし仮に、我が子の更生の確率が半分にも満たなくても、そこに一縷の望みさえあれば、有り金をかき集めて子どもをアナサジや似たような場所にできるかぎり早く入れようとするに違いない。ほかの選択肢を考えれば、そうしない親がどこにいるというのだろう？

ここに荒野療法最大の問題点が浮き彫りになっている。つまり、親たちは恐怖や罪悪感に突き動かされて、衝動的に子どもをこうした場所に放り込むことが多いのだ。このような重要な判断を下すにあたっては、あまりに軽率だと言わざるをえない。

サンタフェ・マウンテン・センターの責任者として非行少年たちに接してきたマーク・ヘッセは次のように語る。「悪いプログラムは子どもたちの体だけでなく、心をも大きく傷つけかねません。たしかに軍隊式のプログラムは反抗を押さえつけるにはいいかもしれませんが、そのあとはどうなりますか？　子どもたちがかたくなで無感動な態度をとるのにはたいてい相応の理由があるし、めちゃくちゃな行動は心を守るための〝鎧〟のようなものです。彼らを森のなかに放り込んで、その鎧を脱がせたあとに、また問題行動を生んだ元の環境に戻すのには危険が伴います」

さらに彼はこう言葉をつづけた。「子どもを荒野に送り込むだけで奇跡が起こるなんてありえません。たとえそれが最高のプログラムだろうとね。重要なのは、家に帰ったあとに何をしてあげるかなんです。荒野での経験は、そのあと子どもたちのニーズをちゃんと満たしてあげるようなフォローの仕組みがあってはじめて活きてくるんです」

アナサジのバンが轍のついた砂利道を揺れながら進んでいくなか、話題はアーロン・ベーコンのことになった。「ノースターのような虐待をするところに、あえて子どもを行かせようとは絶対に思わない」とある父親は言った。「でも、どのプログラムにもリスクはあるだろう」「砂漠では何か大変なことが起きることだってあるでしょうね」と、ほかの母親が話を引き取る。「それでも娘が何をするにしても、街で悪い友達と一緒にお酒を飲んだりドラッグをやったりするよりは、アナサジにいる方がずっと安全だと思うんです」

言うまでもなく、サリー・ベーコンも息子に対して同じことを思っていた。しかし彼女はいま、問題はそう単純ではないと警鐘を鳴らしている。「私はそれほど世間知らずではありません」。彼女はアーロンをノースターに送るに至った経緯を語る長い会話のなかで、そう主張した。「ボブも私も慎重だった。聞くべきことは全部聞いたわ」と自分の手を見つめるその目には涙がにじんでいた。「でも、アメリカ中にある施設のなかで、どうしてあそこを選んでしまったのかしら。なぜあんな間違った決断を……」

「アーロンの身に起きたことについて、考えない日はないよ」。アーロン・ベーコンの死から

1年、後悔に満ちた声でそう漏らしたのは、マイク・ヒルだ。アリゾナ州にあるサン・カルロス・インディアン居留地で養父母に育てられた、アパッチ族の、物腰柔らかな童顔の青年で、アーロン死亡事件におけるユタ州側の重要な証人になりうる人物である。被告側は、ヒルに薬物乱用の前歴があることや、ノーススターのカウンセラーをしていた当時に17歳の男子生徒と性的な関係を持ったという疑いで調査を受けたことなどを指摘して、証人としての信用を落とそうとしている。だが本人は、そうした過去があったからといって、自分が目撃したことが変わるわけではないと言っている。

1993年9月、当時19歳だったヒルは親友のサニー・ダンカンとともにインディアン居留地をぶらぶらしていたとき、ノーススターにリクルートされた。「面接も何もなかった」と彼は振り返る。「ぼくには資格も技術も知識もなかった。でもその場で採用されてユタ州に車で連れていかれたんだ。まあ、サマーキャンプみたいなものかなと思った。キャンプファイアを囲んでゆっくり過ごす感じのね。でも、現地に着いてみたら全然違うのがわかった」。エスカランテに到着すると、ヒルとダンカンは訓練も指示もなく、そのまま現場に送り込まれ、5人の生徒を任されることになった。

そしてヒルはノーススター流のやり方をすぐに理解することになる。「ぼくが働きだしてから3日目に、ホースヘアー（ランス・ジャガー）がやってきて、怒鳴りだし、子どもたちを小突き回して、股間をつかみ、胸を殴った。あるときは『マリファナを吸いつづけたらどうなるかわかってるのか？　お前みたいなチビの白人のガキとやりたがるようなデカい黒人がいる刑務所にぶち込まれることになるんだぞ』と脅していた」とヒルは語り、さらにこう続けた。

「ホースへアーが現場に来るのは、ほとんど子どもたちを殴るときだけだったよ。プログラムから抜けようとして自分の腕を傷つけつづけていた生徒を、あいつはブルーシートでまるでブリトーみたいに包んで、地面の上を引きずり回した。恐ろしかったよ。自分をモルモン教に誘って、正義の道を説いていた人たちが、まさかそんなことをするなんて……」

アーロンはヒルの担当グループにはいなかったが、ときどき顔を合わせていた。ヒルは、このフェニックスから来た、やせていて、生意気だが頭の良い少年に好感を持っていた。しかし3月30日。ライトハンド・キャニオンの入り口で数週間ぶりにアーロンの姿を見かけたとき、その変わりように驚いた。「彼はまるで拒食症患者のようで、体中の骨が浮き出ていた」

当時、アーロンのグループに配属されていたサニー・ダンカンが、彼の体調を確認するためノーススターの事務所に無線で連絡し、救急救命士の資格を持つジョーゼット・コスティガンという女性職員に現場に来て様子を見るよう要請している。だが、彼女はアーロンと数分間会話して、チーズを一切れ与えると、血圧や心拍数を測ることも診察をすることもなく、仮病だと判断して街に戻っていった。このとき彼の体重はフェニックスの実家から連れ出されたときから12キロも軽い、49キロにまで落ちていたにもかかわらずだ。

3月31日。アーロンはもう数メートルも歩くと倒れてしまう状態だったので、いったんエスカランテに戻して、もう一度コースをやり直そうということになった。サニー・ダンカンは近くで上級コースの子どもたちとともにキャンプをしていたマイク・ヒルに無線を入れ、迎えのトラックが到着するまでこの〝仮病使い〟の面倒を見てくれないかと頼んだ。

寒くて、風の強い朝だった。午前10時半、ヒルがダンカンのキャンプを訪れると、アーロンは簡易トイレの便座の上に座り込んでいた。そして、立ち上がろうとしたところ「酔っ払いのようによろめきはじめた」という。その様子を見て、ダンカンは馬鹿にしたように笑い、こいつは死にたがってるからわざと物を食べないのだと言った。ヒルはアーロンのパンツを上げ、自分のキャンプに連れていこうとしたが、自力では歩けなかったため、数人の生徒に指示して彼を運ばせた。

そして風の当たらないビャクシンの木の下にアーロンを寝かせると、そのやせ衰えた体にカメラを向け、2枚写真を撮った。「君はあえて食べ物を食べないんだから、この写真をご両親に見せて、君が何をしようとしているのかわかってもらうよ」とヒルは諭すように言った。

するとアーロンは、耳が聞こえないし、目の前が白くぼやけていると訴えた。そのあと、「先生。死にたくないです……」とつぶやき、下腹部がものすごく痛いと言った。

心配になったヒルは、救急箱を取り出してアーロンの体温を測ろうとした――ノースターのスタッフでは初めてのことだ。だが体温計は壊れていた。そこでアパッチ族に伝わる黄土色の粉薬をポケットから出して、この病める若者の体に振りかけると、ほかの子どもたちにアーロンのために祈るよう言った。

午後2時をまわるすこし前、無線でビル・ヘンリーの息子であるエリック・ヘンリーからノイズ混じりの声で連絡が入った。もうすぐトラックでそちらに着くから、〝そのうそつき〟をエスカランテに戻す準備をしておくように、と。

アーロンの死について、州側の担当者として医療捜査を担当した法医学者のトッド・グレイ博士は、この時点でアーロンの胃の内容物が腸に空いた穴から丸一日以上漏れつづけていたのではないかと推測している。「血圧が下がり、熱が出て、心拍数は上昇し、腹部には激しい圧痛があったはずです」と彼は言う。「極めて深刻な状態なのは明らかだったでしょう。医療の心得があるかどうかに関係なく、まともな人であれば誰でも、アーロン・ベーコンには救急処置が必要なことに気づいたに違いありません」

だが、その日の午後エリック・ヘンリーが到着した段階でも、ノースターはアーロンを医者に診せるつもりはなかった。新しいグループに合流させ、もう一度コースをやり直させる予定だったのだ。ヘンリーはトラックに自力で乗り込むこともできなかったアーロンを抱え上げて後部座席に座らせると、それから20分ものあいだ、車の外でほかのスタッフと談笑しながら彼のことをからかった。

午後2時54分、車のなかからリアウインドウに繰り返し頭を打ちつける音がしたので、ヒルが様子を見に行くと、音は止まった。そのあとすぐ「もう一度確認しようと思って助手席を見たら、そこにアーロンが座っていて、うつろな目でぼんやりと虚空を見上げていた。ぞっとしたよ。それで脈をとってみたら、何も感じないんだ」

スタッフたちはアーロンをトラックから引きずり出すと、ヒルが心肺蘇生を試みるあいだに、ヘンリーが大慌てで無線で救助を要請した。「みんなパニックになっていた」とヒルは言う。「クソっ！　クソっ！　と叫びつづけている奴もいた」。30分ほどでジョーゼット・コスティガンが救急キットを持って駆けつけ、そのあとすぐにエスカランテから救急チームが到着し、アリゾナ州のペイジからライフ・フライト社の救急ヘリも飛んできた。だが、遅すぎた。アーロンはすでに死んでいた。

スティーブン・カルティザーノは、チャレンジャーやノーススターをはじめとするプログラムで死亡者が出ていることについて問われた際、荒野療法は多くの子どもたちの人生を救ってきたのだから、まれに起きる死亡事故は残念ではあるが、この事業をつづける上でやむをえない対価であり、〝たまさかの損失〟にすぎないと答えている。
「ジャガーとヘンリーも同じ考えのようです」。夕暮れの迫るフェニックスでボブ・ベーコンはそうつぶやいた。「見下げ果てた奴らです。ノーススターの職員はこれまで誰一人として、自分たちがアーロンにしたことについて、サリーにも私にも謝罪の意を示していません。これっぽっちも良心の呵責を感じていない。いまでも、社会のためになることをしていると思い込んでいる。信じがたい傲慢さです。そしてそうした不心得者は、ジャガーとヘンリーの二人だけではないと思っています」

さらにボブはこうつづけた。「彼らは〝厳しい愛情〟と言うけれど、そこに愛なんてまったくなかったと思います。ただただ、子どもたちを恐れさせ、辱め、脅して言うことを聞かせるだけ。私たちはそんなバカどもにだまされ、お金を取られ、丸め込まれてこの搾取に手を貸したんです。たしかに私は愚かだった。自分を許せないほどに。でも、ノーススターのような組織が家族の危機を食いものにしているのは事実です。彼らはうそをつき、耳あたりのいいことを並べたてます。ノーススターで死んだのはアーロンだけですが、ひどい虐待を受けている子はほかにもいます。あのプログラムを生き延びた子どもの多くが、心にも魂にも一生残る傷を負っているのは間違いないでしょう」

いまの世の中では多くの人が、軍隊式のキャンプを、この国の増えすぎた病める子どもたちに対する妙案であると考えているようだ。だが当然、それは万能薬ではない。たしかに従順な兵士やまとまりのある戦闘部隊をつくるには効果的かもしれない。しかし、これまでに集められたデータは、思いやりや正常な価値判断や自尊心といった資質を身につけさせる上で、脅しが決して最善の手段ではないことを示している。非情さというのは、そのように扱われた側の心にも刻まれる傾向がある。つまり、残酷な行為は許容される、と学習することで、ほかの人に対しても非人間的な方法で接するようになってしまうわけだ。よってノースターのようなプログラムは、参加した子どもたちだけでなく、社会全体にとっても、害の方が大きいと言えるだろう。

もちろん、すべての荒野療法プログラムが軍隊式を採用しているわけではない。ラリー・オルセンのアナサジ財団や、ラリー・ウェルズのウィルダネス・コンクエスト、あるいはユタ州ロアを拠点とするアスペン・アチーブメント・アカデミーを、ノースターやパスファインダーズやチャレンジャーと同列に語ってはならない。ただ、この業界は規制が緩く、利幅が大きいことには変わりない。おかしくなった子どもと、それに絶望した金回りのいい親が増えつづけるかぎり、ここに怪しげな経営者や反社会的な人間たちが群がるのは止められないだろう。

いまから数カ月のうちに、ランス・ジャガー、ビル・ヘンリー、エリック・ヘンリー、サニー・ダンカン、ジェフ・ホーエンシュタイン、クレイグ・フィッシャー、ブレント・ブリューワー、ジョーゼット・コスティガンらは、重度の児童虐待とネグレクトの疑いで法廷に立つ。有罪なら、最大5年の懲役と1万ドルの罰金。無罪なら、青少年更正の現場に戻るのも彼らの自由ということになる。

サミット・クエストの創設者であるゲイル・パーマーは、ミッシェル・サットンの死後、なんの罪にも問われなかった。その後、ユタ州厚生局からライセンス停止を通告されたものの、彼女は堂々と同州で事業を再開している。1994年、ザイオン国立公園の近くで、汚れた身なりをした14歳の少女がおびえきった様子で、人里離れた場所にあった考古学者たちのキャンプに助けを求めて迷い込んだ。結局彼女は、パーマーが違法に実施していたプログラムからの脱走者だったことがわかった。場所はユタ州南部の町セント・ジョージの郊外――あのサミット・クエストが運営されていたのと同じ場所だ。

クリステン・チェイス死亡事件における刑事責任を逃れてから数年のあいだに、スティーブン・カルティザーノはカリブ海沿岸で次々と荒野療法のプログラムを開始。時にスコット・リチャーズという偽名を使いつつ、行く先々で児童虐待と詐欺による訴えを起こされている。1993年には、プエルトリコのサンフアンで、5人の少年が首に縄をつけられた状態で手足を縛られて車に乗せられているのを警察が発見した。現場にいた世話係は、子どもたちはカルティザーノが運営するコースに参加中であり、逃げないように縛っていたと釈明している。

カルティザーノは保険金詐欺をはじめとする複数の詐欺の疑いで捜査を受けているうえに、多くの人から多額の借金をしているため（あのチェイス死亡事件で自分を無罪にしてくれたニューヨークの弁護士チャールズ・ブロフマンに対してすら数万ドルの弁護士費用の支払いをしぶっている）、自分の正確な居場所をなかなか明かそうとはしない。だが最近、電話で取材をしたときには、「いつも通り同じようなプログラムをやっている」と、復調ぶりをアピールしてきた。いわく、参加費用は2万ドルにまで値上げし、客足も途絶えることはないという。

これまでに起きた問題は「タブロイド紙が大げさに騒ぎ立てたせいだ」と開き直りつつ、それでも自分の〝実直な〟やり方に賛同してくれる親たちはいまでもたくさんいるし、子どもたちを更生させたことに感謝もされている、と主張。「俺たちのところにはアメリカ中から客がやってくる」と、現在コスタリカを拠点に運営しているプログラム（具体的な名前は明かさなかった）について語り、こうつけ加えた。

「子どもたちを船旅に連れていくんだ。そこならばかげた規制を守ったり、検査を受け入れる必要もないからな。ものすごくうまくいってるよ」

1995年10月『アウトサイド』掲載

穢れのない、光に満ちた場所

A Clean, Well-Lighted Place

それは、実際の気温よりも10℃は寒く感じるような、3月の荒れ模様の朝だった。小雨のなか、ピュージェット湾から吹きつける風が、ワシントン州ウィドビー島沖の海を鉛色に染めている。クリストファー・アレグザンダー——一部には前世紀の建築におけるもっとも重要なコンセプトの生みの親との声もある、世界的に有名な型破りな建築家——は、木の生い茂る丘の上で切り株に腰掛けて、これからここに建てる家のレイアウトについて考えていた。地面に立てられた杭のあいだには、この家の立体的な輪郭をおおまかに示す黄色いテープが張り巡らされていて、彼はその頼りない骨格を一心に見つめたまま、キッチンの出入り口をどこに配置すべきか見極めようとしているところだ。

大柄で、人のよさそうな丸顔に、職人特有のがっしりとした手をしたアレグザンダーが、くしゃくしゃの黄色いシャツと染みで汚れたコーデュロイのズボン、フリースの裏地の付いたジャケットに身を包んだ姿は、まるでタクシー運転手やホットドッグ売りのようで、建築界の高みにある洗練された美的空間に身を置く人物には見えない。実際、彼自身、自分をただの建築家だとは思っていない。いわく、現代ではひどく分断が進んでしまった建築家と大工の機能を統合する、現代版の〝棟梁〟のようなものであるという。

ほかの建築家であれば、キッチンの出入り口の場所は、製図台に座って鉛筆と紙で決めていくだろう。だが、アレグザンダーは、良い建物をつくるには設計の大部分は現地でおこない、細部を詰めつつ、実際に建築を進めながらつねにデザインを修正しつづける必要があると考えている。つまり、彫刻家が粘土の形を変えていくように、何かを加えては一歩下がって形を確認し、また違うところをすこし削ったりして、全体が仕上がるまで微調節を続けるわけだ。そしてここで指針となるのは、古くから存在する建築物から引き出した、普遍的かつ〝生きた〟デザインの法則のエッセンスだ。

現在、彼が取り組んでいるプロジェクトは、この土地で働きながら暮らす施主のための、広さおよそ280平方メートル、個室が11か12ほどある2階建ての家だ。同僚とともにこの地を訪れたアレグザンダーは、とりあえず現場で数日を過ごし、この家に命を吹き込むには何をどこに配置すべきなのかを見極めようとした。まるで神聖な森のなかから浮かび上がったように丘の頂上にポツリとあるその小さな空き地は、明らかに目をひく場所だった。だが、現地でしばらく時間を過ごした彼は、その空き地はそのままにして、森の境界線に沿うように家を建てる必要があることに気づいた。そこで、建物の基本的な大きさと配置の見当をつけた上で、施主の夫婦とともにここでさらに1週間を過ごし、杭を立てて輪郭をつくり、内装について意見を交換した。そしてキッチンやリビング、ダイニングルームについての議論が行き詰まると、彼は夫婦に、目を閉じて、この家に入ったときに見えるものを「はっきりと、美しい形で」想像してほしいと頼んだ。すると夫は「森のある場所に向かって、長い鎖が途切れることなくつづいています。部屋はその鎖のネックレスを彩るビーズのようにつながっています」と頭のなかの光景を言葉にしはじめた。

これこそ、この土地が引き出す感覚であり、それをアレグザンダーが普遍的だと考えるいくつかの〝型（パタン）〟と、独自の建築技法によってさらに研ぎ澄ませていく。夫婦が寝る主寝室は東向きに突き出すことになった。なぜなら何世紀にもわたって、昇っていく朝日とともに目覚めるのがもっとも自然で快適だとされてきたからだ。ちなみにこの家は、縦はおよそ18メートルだが、横幅は5メートル程度しかない。これは敷地の問題もあるが、長くて細い方が、光に包まれたときにより映えるからでもある。原則としてどの部屋にも2方向から日光が入るようにし、天井の高さは決して一定にはしない。また、窓際のベンチや壁のくぼみ、造りつけの棚をはじめとしたインテリアを形づくる装飾品は、家が完成したあとに仕上げとして加えるのではなく、最初から構造の一部として組み込んでおく。これにより「まるで、蚕の繭のように」、建物は外からだけでなく内側からも進化していくようになる。また、工程全体を通じて、建築の進行具合や建物の変化に合わせて、従来のような詳細な設計図のかわりに、スケッチをしたり、とくに重要な部分についてはダンボールや廃材や木の枝やひもを使って実物大の模型をつくったりして、それをもとに作業を進めていく。

こうしたアレグザンダーのやり方は、独特なだけでなく挑戦的でもある。その根底には、いまの設計界のエスタブリッシュメントは思想的に凝り固まり腐っているので、一度徹底的に破壊し、最初からつくり直すべきだという考えがある。過去半世紀にわたって、「建築家たちは世界をめちゃくちゃにしてきた」と彼は断言する。いわく、同業者たちは、すべての建築の核となるべきもの——すなわち、ただ雨風をしのぐだけでなく、魂の琴線に触れ、心を癒やすような建物をつくること——を放棄し、「コンセプトだけが先走った、人目はひくが、感覚をなおざりにした」ものをつくる方向に流れてきたのだという。

1930年代にルートヴィヒ・ミース・ファン・デル・ローエの「Less is more（無駄のないものこそ優れている）」という格言が建築界の金科玉条となって以降、世界のありとあらゆる場所にガラスと鋼鉄とコンクリートでできた素っ気ない箱のような建築物が建てられるようになった。もちろん、そうした建物を嫌っているのはアレグザンダーだけではない。いわゆるポストモダニストやホワイト派、ロサンゼルス・シルバー派といった近代建築に分類される批判者たちの多くは、シャープペンシルでひいた革新的な線だけではいまの建築がうまくいかないのは当然であると考え、それを思い思いにつくりだした言葉で正当化している。たしかに、あの素っ気ないガラスの箱を、湾曲した壁や「歴史を喚起させるような装飾」、印象的な色使い、「高度に分節された」空間といった、古典的な建築様式からの「意表を突く換骨奪胎」によって飾り立てることはできるだろう。だが、アレグザンダーは、そうした試みは目先を変えるものでしかなく、現在の建築が抱える真の問題には対処しえないと考えている。マンハッタンのAT&Tビルのような高さ200メートル近いそびえ立つような摩天楼のてっぺんを、巨大なチッペンデール様式の洋服ダンスのように飾り付けるのは、遠くから見た場合には建築としてひとひねり加えたことになるのかもしれないが、そのなかで日々を過ごす人にとって、そのビルが長細い巨大な箱であるという事実は変わらない、と彼は主張する。

つまり、製図台の上で考案された、これまで以上に精巧な形や新しい流行の建築様式のなかには、アレグザンダーが求めるものはない。「われわれがいま模索しているのは、建物をつくるプロセスを――つまり〝モノ〟としての建物ではなく、それを考案し、資金を集めて、アイディアを整え、建設するというプロセス全体を――変えていくことなんだ」。そしてそれに必要なのは、「建築と設計に対する向き合い方を根本的に見直すこと」にほかならないと彼は信じている。

過去四半世紀のほとんどを、彼はこの「根本的な見直し」がどのような形をとるべきかを系統立てて説明することに費やしてきた。その結論は、オックスフォード大学出版局から出版された一連の著作――『オレゴン大学の実験』、『パタン・ランゲージ―環境設計の手引』、『時を超えた建設の道』、『ザ・リンツ・カフェ』、『パタン・ランゲージによる住宅の生産』――のなかに示されている。これらの著作により、彼は業界のなかだけでなく外でも多くの人に支持されるようになった。そのアイディアは、南カリフォルニア大学、カリフォルニア大学バークレー校（UCバークレー）、オレゴン大学というアメリカの建築界で重要な位置を占める3つの大学のカリキュラムに組み込まれ、さらに、スイスのベルンやドイツのハノーバー、東京といった都市にも若き弟子たちの拠点がある。また、1967年にUCバークレーに創設した（シンクタンク兼、設計事務所兼、建築会社である）環境構造センターの同僚たちとともに、70年代前半から自らのコンセプトを反映させた60を超えるプロジェクトをおこなってきた。なかでももっとも大きかったのは、1000万ドルをかけて建設した、日本の埼玉県にある盈進学園東野高等学校の校舎だ。

カリフォルニア州の元建築家で、スコットランドの「フィンドホーン」をはじめとするインテンショナル・コミュニティ（特定の意図を持って計画・設立された居住コミュニティのこと。「目的共同体」とも）を設計してきたシム・ヴァン・デル・リンもアレグザンダーの支持者として知られており、『パタン・ランゲージ──環境設計の手引』に示されたアイディアこそ「今世紀のデザインと設計を考える上での最大の貢献」であると評している。

だが一方で、アレグザンダーの救世主然とした物言いや一切の妥協を許さないスタンスに、怒りを覚える同業者もすくなくない。なにせアレグザンダーは、自分のやり方を〝良い建築物をつくる方法のひとつ〟ではなく、「仮に〝生きた〟建物や街をつくりだせるとしたら、これ以外の方法はありえない」と断言しているのだ。

こうした彼一流の哲学の根底には、建築は抽象的な芸術としてでなく、社会における強力なツール──さらに言えば、〝社会の骨組み〟そのものとしてとらえるべきだ、という信念がある。したがって、アレグザンダーに言わせれば、この世界と調和し、秩序をもたらす美しい建物を衒いなくつくっていくことこそ、建築家の使命ということになる。そして、自分の示した建築の役割や美の定義にすべての建築家が賛同するわけではないこと──一部にはあえて景観と調和しない建物を建てる者たちがいることに、彼は激しい怒りを覚える。「私にはまったく理解できない。無責任だし、ばかげている」

ニューヨークの建築界で多大な影響力を持つピーター・アイゼンマンは、アレグザンダーとは対極の建築観を持っている。彼は核時代のたまりにたまった不安を表現するため、「純粋な形の探求」と呼ばれる無機質で複雑で、あえて調和を避けた非人間的かつ極めて抽象的な形状の建物をつくっていた。１９８３年、ハーバード大学でおこなわれた公開討論会で、アレグザンダーはアイゼンマンに「あなたのような考えを持つ人たちがそれを広めることで、まさにいま、建築界全体をダメにしようとしている」と言い放った。

魂に訴えかけるような、本物の、真正な建物の美しさとは、決して個人の好みや流行の移り変わりに左右されるようなあいまいなものではなく、揺るぎない確固たるものである、というのがアレグザンダーの考えだ。「実際、良い建物と悪い建物の違い、良い街と悪い街の違いというのは、客観的なものなんだ。ようは、健康と病気、統合と分裂、自己修復と自己破壊の違いさ」と彼は言う。

いわく、良い建物は〝生きて〟いて、「時を超越する要素と、まるで静かに眠っているような超然とした優雅さ」を持っているという。具体的には何がそれにあたるのかと尋ねると、彼はゴシック様式の教会や、ノルウェーや植民地時代のニューイングランドの古い農家、ヨーロッパアルプスの山村、中央アフリカの泥小屋、日本の寺などを例として挙げた。

こうしたアレグザンダーが称賛を惜しまない何世紀も前の建物の建設に、建築家がほとんど——あるいはまったく関与していないのは偶然ではない。こうした建物は、石工や大工たちが、繰り返し現れる設計上の問題への解決策として、何世代にもわたって研究・改良し、受け継いできた細かな技術を使ってつくったものだ。彼はそのような繰り返し使われてきたやり方を〝パタン〟と呼び、個々のパタンが集まって、建物や街全体をつくりあげるほど大きくなったものを〝パタン・ランゲージ〟と称している。

たとえば、スイスアルプスの山村であれば、〝建物の上の部分はどのような形であるべきか〟という設計上の問いに対して、大量の積雪や山岳地帯の大雨から家を守るための、大きな庇の付いた急勾配の屋根というパタンが答えになりうる。そして長い年月を経て、こうしたパタンはまるで魂の原型のように人々の心に根を張り、大きな庇のないアルプスの家は実用に耐えないだけでなく、感覚的にも間違っていると感じられるようになるのだという。

ただ、現代の建物もパタン・ランゲージに従ってつくられているものの、今世紀についてはそれそのものがおかしくなっていると彼は言う。たとえば「近代運動〔過去の様式を脱して、鉄やガラスなどの新しい材料を使いはじめた19世紀末から20世紀初頭にかけての建築を指す〕のランゲージ」は、庇のない平らな屋根、白・ベージュ・グレー・黒以外の色を使わない、装飾をしない、などのパタンの集合体である。だがこうしたパタンはあまりに作為的かつ人工的であり、「血の通わない断片でしかなく、大半の人は話すべき言葉（ランゲージ）を失ってしまった。手元に残ったものは、人間や自然への配慮がまるでない」という。

現在の建築の誤りを正すには、建築家という職業を無くしてしまうとまではいかなくとも、彼らが持ち出す〝気の利いた〟アイディアをすべて無視して、時代を超えた普遍的な美しさに基づいた、シンプルで理にかなったパタン・ランゲージによる建物に戻るべきだとアレグザンダーは考えている。彼はこうした〝生きた建物〟についての考えを丁寧にまとめていき、1977年に発表した『パタン・ランゲージ―環境設計の手引』という著書で非常に詳細に解説している。

これは、たんに優れたデザインを紹介するだけでなく、いかにしてそれをつくり出すかを説明した画期的な本であり、設計プロセスから神秘のヴェールを取り去り、専門家ではない素人でも自分たちの手で環境のあらゆる部分をデザインできるようにするための、いわば建築のレシピ本とでも言うべきものだ。その方法論は、家、公共施設、近隣の環境、通り、庭、窓下のベンチの別を問わず、どれにでも等しく適用される。収録された253のパタンは、それぞれが「人間の住環境のなかで繰り返し起こる問題を概説し、その解決策の核となる部分を、状況に合わせてやり方を変えて何万回でも使えるような形で」説明するものだ。

さらに同書では、街全体のレイアウトから、窓枠を囲う飾り板の正確な寸法に至る、すべてを網羅している。各パタンは、それぞれが論理的に次のパタンにつながるように構成されており、素人でも設計のプロセスを段階的に進めていけるようになっている。たとえばその一部を並べてみると、コミュニティと街は画一的な「マスター・プラン」や大規模なプロジェクトに従うのではなく、すこしずつ有機的な形で設計・建築していくこと。建物は4階建て以上にはせず、駐車場の面積は敷地の9％以下に抑えること。上から見たときに細く長く広がっているのが望ましく、重要な部屋を南側に、寝室を東側に配置し、すべての部屋にすくなくとも2方向から自然光が入るようにすること。人が集まる部屋には、その端にアルコーブ（壁の一部をへこませるようにつくった小部屋）を設けること。建物全体を通じて、天井の高さにはつねに変化をつけること。窓は大きな1枚の板ガラスではなく、マス目状の窓枠に小さなガラスを複数はめ込むようにすること（たとえそこからの眺めが美しかったとしても、大きな窓から絶えず目に入ってくるのは望ましくないから）、などがある。

ちなみに、こうしたパタンの数々はアレグザンダー個人の建築観だけを反映したものではない。彼はハーバード大学の認知研究センターと自ら率いる環境構造センターの両方で、8年以上にわたって客観的な実験と研究を積み重ねたうえで、こうした答えを導き出した。それゆえ、各パタンは（あくまで仮説であり、新たな実験と観察によって変化していくものではあるとのただし書きはつくものの）科学的な理論といえるだろうと本人は主張している。「ここに示したパタンの多くは、ある種の〝原型〟であり、物事の本質に深く根ざしたものなので、たとえばいまから500年後であっても、人間の性質や行動の一部でありつづける可能性が高い」と確信しているという。

カンザス大学の建築学者で、アレグザンダーの評伝を書いたスティーブン・グラボーによれば、建築界の歴史上、建築家が設計上の疑問点を科学の問題として扱った例はほとんどないそうだ。それゆえ、『パタン・ランゲージ─環境設計の手引』に示された強烈な実地経験主義──つまり、アレグザンダーが提唱した、良い設計はデザイナー個人の創造力ではなく、客観的なルールの組み合わせによってもたらされるという仮説は、建築界に大きな波紋を投げかけた。そしてその理由の一部が、この説が既存のビジネスに対する脅威であったからなのはおそらく間違いない。本書への批判としてもっともよく聞かれるのは、253のルールを定めることで、どの建物も均一で個性のないものになってしまうというものだろう。これに対してアレグザンダーは、「その理屈は、人間の遺伝子や言語の文法にだって当てはまる」と反論している。

こうした彼の考え方を、いかにもカリフォルニア人らしいと思う人もいるかもしれない（必ずしも褒め言葉ではない意味でも）。実際彼は、1963年からカリフォルニア州のバークレーに住みつづけている。ただ、それ以前の26年間の人生の大半をヨーロッパで過ごしており、その思想にはカリフォルニアという新世界の価値観だけでなく、旧世界のそれも同じくらい反映されているはずだ。

アレグザンダーは、1936年にオーストリアのウィーンで、古典考古学者の両親の一人っ子として生を受けた。幼い頃から数学と理科に天性の才能を発揮し、まずは理系に強いとされる名門プレップスクールのオウンドルに、その後、ケンブリッジ大学にも特待生として進学する。1953年、大学に入学する直前に、偶然目にした建築物の写真展に感動し、その場で建築家を目指すことを決意。息子の決断にがく然とした父親に押し切られる形で学部では数学を専攻したが、学位を得たあと、同学の建築学科に入学することになる。

だが、そこで感じたのは激しいいらだちだった。科学的に物事を考えるアレグザンダーにとって、建築についてどんな形であれ知的な議論を進めるには、まずそれを客観的に評価する方法がなければならなかった。また「物事を美しくする要素」の本質に迫りたいと思っていたが、自分以外だれもそうしたわかりづらいテーマに興味を持つものはいないようだった。そこで、2年後にアメリカに移り住み、ハーバード大学で建築における美の神髄の追求を続けることにした。博士論文は、いまではよく知られている『形の合成に関するノート』と題するもので、良い建築デザインにはどのような要素があり、何が起きているのかを実証的に明らかにしようとする試みだった。そのなかで彼は、良い設計の具体例として、ルートヴィヒ・ミース・ファン・デル・ローエ、シャルル＝エドゥアール・ジャンヌレ＝グリ（ル・コルビュジエ）、ヴァルター・グロピウス、あるいはフランク・ロイド・ライトといった当時の有名建築家の作品は避け、あえて産業革命以前のものを挙げている。

ハーバード大学を卒業後はインドに1年間滞在し、産業革命以前の建物をその目で見て、それを形づくっている力を見定めた。かの地で自身初めてとなる建築物である小さな学校を建てたあと、1963年にアメリカに戻って、UCバークレーの建築学科で教鞭をとった。この仕事はいまでも続けている。

現在のアレグザンダーは、建築理論家として――つまり、実践者というよりはむしろ思想家として知られている。「とても悲しいことだ。だって本当はそんなことはないからさ。私の気持ちは実際の建築の仕事に向いているっていうのに」と本人は言う。たしかに、普段は大学での講義以外の時間の多くを、暗くて散らかった地下室で、ラジオシャック〔アメリカの家電量販店〕のコンピュータの前にかがみ込んでアイディアを文章にすることに費やしているとはいえ、これまでそうしたアイディアをちゃんと実際の建物に変えてきた。ゼネラル・コントラクター〔建築総合工事業者〕の資格を持つ彼は、環境構造センターのクルーたちとともに、カリフォルニア州マーティネズにある同センターの新しいオフィスを含め、60以上の建物を建設してきたのだ。

彼の著書のタイトルにもなっている「時を超えた建設」への、建築業界からのおもな批判は、現場で設計をしながら建設作業を進めるのは非常に効率が悪く、最初から細部までしっかりと詰めた設計図をつくって、施工業者にその通りやってもらうのに比べてどうしてもコストがかさむ、というものだ。だが、アレグザンダーはこれを否定する。設計図をつくるための製図作業が大幅に減るのだから、そこにかかる時間やお金を、建設そのものにまわすことができるはずだと。

自分の提唱している設計プロセスは、従来のやり方よりも優れているうえに費用の面でも十分戦えるというこの主張は、彼が１９７５年にメキシコのメヒカリで、ＵＣバークレーの生徒やその家に住む現地の人たちと一緒におこなったローコスト住宅建設プロジェクトによって裏づけられている。このとき建てられた30戸の家屋の建築費用は、それぞれ３５００ドルほどで、これは当時のメキシコの相場の半分程度であった。建築評論家のマーティン・フィラーはこれを次のように評している。「メヒカリにできた建物は、一見非常に簡素だが、貧困層の家にはまず見ないような特別な性質を有していた。……これらの家は、それぞれの部屋をいかに住みやすく、個人や家族やコミュニティの核となる感覚を養えるものにするかを、本気で考えてつくられているのだ」

見た目や高級感がそれほど重視されない場合は、材料のグレードを下げたり手間を減らしたりするだけでなく、革新的な建築技術を考案することでコストを抑えようとした。そうしたときは「あえてギリギリの状況に自分を追い込んで、プレッシャーをバネにして解決策をひねり出した」という。これは同時にクライアントから絶対の信頼を得ていることの表れでもある。

ただ、このやり方は、従来の建築プロセスが重きを置く、チェック＆バランスのシステムを排除している。つまり、一般的な建築家と施工業者の関係における、業者が手抜きをしないよう建築家が監視し、逆に建築家の設計に何かしらの不具合（たとえば屋根が経年劣化で雨漏りするような構造になっているなど）がないか業者が目を光らせる仕組みが、ここにはない。

数年前、アメリカ建築家協会は、会員の建築家がゼネラル・コントラクターになることを禁じた。同じプロジェクトでその両方を兼務することは、深刻な利益相反を引き起こすと判断したからだ。しかし、設計と工事を同じ人間がやるというのは、アレグザンダーの方法論の土台のひとつである。建築家自身が工事をおこなうことのメリットは、クライアントがだまされるというリスクを補って余りあるものだと彼は考えているからだ。

1982年、アレグザンダーは同僚のゲイリー・ブラックとともに、カリフォルニア州オールバニに、アンドレ・サーラとアンナ・サーラという若い夫婦とその二人の子どもたちが住む家を設計した。妻のアンナは「クリス（アレグザンダー）についてひとつ言えるのは、彼をある程度、盲目的に信頼しないといけないことです。でもそれはとても難しい。だって自分の人生の行く末や夢のすべてを託すことになるんですから」と認めている。だが、サーラ一家の家の仕上がりは期待を上回るものとなった。誰の目にも、まれなる美しさを持ったと言える家が完成したのだ。「この家を建てることができたのは、自分の人生のなかでもっとも大きな出来事です」と夫のアンドレは言う。

しかし、すべての試みがこのような幸福な結果に終わるわけではない。建物の設計を終え、建築をはじめる直前になって、施主が彼独特のやり方に二の足を踏んで、プロジェクトが中止になったこともある。だが、アレグザンダーはそれはやむをえないことだと考え、「プロジェクトの初期の段階で、従来の建築家や工事請負人のやり方とは違うことがわかると、施主はすぐに怖じ気づいてしまうのさ」と言っている。これまでの依頼主でもっとも不満を抱いているのは、リチャード・エルガニアンという住宅開発業者だと、彼は隠すことなく打ち明けた。

エルガニアンは、アレグザンダーの繊細で人間の感覚に沿ったアイディアに感銘を受け、カリフォルニア州フレズノに総工費40万ドルで計画されていたショッピングプラザ建築の手始めとして、野外にあるファーマーズマーケット〔地域の農家が直接、作物を持ち寄って販売する形式の市場〕を覆う、木製の巨大なあずまやの建築を依頼した。ところが、環境構造センターに設計・デザイン料として4000ドル以上を、あずまやの建築費として4万2500ドルを払ったところで、アレグザンダーに幻滅しはじめる。理由は、この建築家が〝細部を詰めずに〟――しかもそうした事項の判断をこちらに押しつけて――建築を進めていくことに気をもんだうえに、追加で1万2000ドルを払ってつくらせたコンクリートの床が思ったような出来映えではなかったからだった。

アレグザンダーいわく、エルガニアンには事前に「ありきたりなツーバイフォーの建物と同等の値段で美しい建造物を建てるつもりですが、そのためにはある程度あきらめなければならないこともあります。地域の平均的な施工業者に頼むよりも仕上がりが粗くなる部分もありますよ」と伝えていたという。

表面上の仕上がりへの不安はさておき、このあずまやはエルガニアンも認める美しい建物だった。そしてアレグザンダーはショッピングプラザの残りの部分の設計にとりかかった。だが、今回ははるかに規模が大きくなるため、前回のように細部を詰めずに進めると費用が法外に膨らむ恐れがあると思ったエルガニアンは、アレグザンダーのプランを以前に付き合いのあった施工業者に見せ、見積もりが妥当か意見を求めようとした。しかし、彼独自の手法のひとつである非常に大雑把なプランを見たところで、従来の施工業者では見積もりなど出せないということがわかっただけだった。そして、アレグザンダーがそのラフなプランのまま、当地の建設局から最終認可を得る前に建設をはじめようとしたところ、エルガニアンは依頼主の立場からプロジェクトを〝足止め〟しはじめた。アレグザンダーはプランを完成させていないし、建築許可も得ていない、と。一方でアレグザンダーは依頼主と建築契約を結べないかぎり、これ以上作業はできないと言った。彼としては関係の修復を望んでいるが、現在の状況では、エルガニアンがその設計に5万ドル近く払ってきたこのショッピングセンターが、実際に建設されることはなさそうだ。

アレグザンダーは、エルガニアンが途中で迷ったりしなければ、このプロジェクトは素晴らしいものになったはずだと言う。これまでの彼の代表作といえる盈進学園の校舎は、まさにその通りのものだ。総工費1000万ドルのこのプロジェクトでは非常にタイトなスケジュールのもと、最初の30棟の建物を全体の予算の1割以下で完成させ、（日本の職人の技術によるところも大きかったと言えるだろうが）その仕上がりは非の打ちどころがなかった。ただ、最終的に成功に終わったとはいえ、ここでも紆余曲折があった。従来の基準からすると、そのやり方があまりに混乱を招く危ういものであったため、プロジェクトの途中で日本のある建築会社が、現金で8万ドル払うからアレグザンダーを解任しないかと依頼主に持ちかけたのだ。だが、盈進学園の理事長である細井久栄は、金の受け取りを拒否し、アレグザンダーを続投させた。そして、いまでは教員も学生も新しいキャンパスで過ごせて「毎日とても幸せ」だと述べている。

この盈進学園の校舎の建築について書いた本にアレグザンダーがつけたタイトルは『大地の生と美のための建築：2つの世界システムのせめぎ合いからの創造』というものだ。彼にとって、自らのアイディアを受け入れてもらうことはつねにある種の〝せめぎ合い〟であったし、これからも当面はそれがつづくだろうと思っている。だがそれでも彼は、いつもと変わらぬ調子で、次のように断言している。「今世紀の終わりから次の世紀にかけて、建築に関するこうした事柄が、一人の人間による特殊な理論としてではなく、空間に関する普遍的な事実として理解されるとき、すべての建物がふたたび、３０００年の歴史を持つ〝理にかなった〟建築物の仲間入りをすることになると私は確信している」。そして、さらにこうつづけた。
「そうなった段階で、20世紀半ばの奇妙な形の建物は、時を超えたものの理解をあえて拒否したことによる、一時的な歪みとして振り返られることになるだろう」

１９８５年12月『ニューエイジ・ジャーナル』

フレッド・ベッキーいまだ荒ぶる

Fred Beckey Is Still on the Loose

登山に関する万巻の書のなかで、私が山を登りはじめてからずっと——いや、私の生まれる前から、みなの口の端にのぼりつづけてきた謎めいた一冊の本がある。その名は『リトル・ブラック・ブック』。この世にたった一冊しか存在しないとされるその本の、よく使い込まれた2枚の表紙紙（ひょうしがみ）のあいだには、この星で最高の山々の未踏ルート——もっとも高く、もっとも険しく、チョークの手形がついていない、大胆に彫刻された切り立った地形の数々——の極秘情報が並び、しかもつねに更新されつづけているという。この伝説の書物の著者は、太平洋岸北西部に住む、ヴォルフガング・フリードリヒ・ベッキー。だが、本人はこの名で呼ばれることをひどく嫌っているため、みな、彼の激しい怒りを買うのを恐れて、フレッドやベッキーなど、とにかく本名以外の呼び名で呼んでいる。

ベッキーの『リトル・ブラック・ブック』なんてうそだ、ワインを飲み過ぎた酔っ払いの炉端のヨタ話だろう、と言う人もいる。「あらやだ」とこれに応じるのは、42歳の自由奔放な氷河学者で、多くの女性との出会いと別れを繰り返してきたベッキーのいまのガールフレンドであるシビル・ゴーマンだ。「その本は本当にあるわよ。見たことあるもの。未踏峰とか、地図には載ってない最難関ルートとか、目立たない山脈の片隅に残された難所とかがびっしりと書き込んであった。フレッドはその本を命に代えても誰にも渡さないのよ」

ここまでの秘密主義にはわけがある。誰も登ったことのない山を登ることこそがフレッド・ベッキーの使命であり、半世紀にわたって実際にそうしつづけてきたからだ。クライミングの最前線という熱い太陽の、あまりに近くを回りつづけた彼の人生からは、それ以外のものはとっくに蒸発している。ベッキーはいわゆる〝クライミング・バム〟〔バムとは路上生活者や偏執狂を指す言葉〕のはしりなのだ。もちろんいまでは、スミス・ロックからニュー・リバー・ゴージに至るすべての岩山に、ピアスを耳にぶら下げて傲慢な態度でうろついては砂にまみれたテントで暮らす、ごろつきのような登山者があふれている。だが、それでも彼らのほとんどは、一時的にそうした暮らしをしているだけで、数年も経てば郊外に家を持ち、ＰＴＡの会議に出席していることだろう。

だがベッキーにとって登山はたんなるポーズではない。１９３０年代に山の上での活動をさまたげるすべての要素を人生から取り除き、それから50年が経ったいまでも、山にすべてを捧げつづけている。彼の持ち物のなかでいちばん棲み処に近いと言えるのは、走行距離65万キロの中古のフォルクスワーゲンだ。これまでに山関連の著書を7冊発表しているが、その博学な語り口からは、それがバーガーキングのカウンターからくすねたランチマットの裏に書かれたものだとは誰も思わないだろう。ダッフルバッグいっぱいに詰まったくたびれた登山用具を、西部の知人たちの家の地下室に置かせてもらっているものの、それ以外の持ち物は、小さなクローゼットに簡単に収まってしまう。

ほかのことを何ひとつかえりみることなく登山に集中したことで、ベッキーは異色の登山家として、つねに畏敬の念を持って注目される存在となった。彼はいわば、登山界の〝チャーリー・ハッスル〟ことピート・ローズ〔野球賭博によってメジャーリーグを永久追放された元プロ野球選手〕であり、この206年の歴史を持つスポーツにおいてもっとも多くの初登頂を果たした、クライミング界きっての安打製造機だった。イヴォン・シュイナード、レイトン・コー、フリッツ・ウィスナー、ロイヤル・ロビンズ、ハインリヒ・ハラーといった時代を代表する多くの登山家たちとロープをともにしてきたベッキーの驚嘆すべき登山記録は、おもに北米の山々に大きく偏っている。ここ数十年でいくつの未踏ルートの〝処女〟を奪ったか、正確なところは本人も含めて誰にもわからないが、それでも1000近い数であることは間違いない。だが、その代償は小さくなかった。いま、齢69を数える彼は、その並外れた執念のツケを払う時期に来ているのかもしれない。

ある冬の日の早朝、午前4時。ノース・カスケード山脈の、雪に閉ざされた高台に張られたテントの天幕を、刺すような風が揺らしている。「ああ、ちくしょう。おい、そこにニュプリン〔鎮痛剤の一種〕のボトルあるだろ。ニュプリン残ってるか?」。独特のぶっきらぼうな口調でベッキーは言った。「ニュプリンのボトル、持ってきたはずだがな、くそっ。小さい白いプラスチックの。ちくしょう……ニュプリンだ。もしかして忘れちまったのか、くそっ。お前、なんかアスピリン持ってないのか? なんでもいいから。ああ、ちくしょう」

そして、ノコギリの歯のような東の地平線から太陽が昇る頃、ベッキーとマーク・ベビー〔彼とよくロープをともにする仲間〕と私はテントを出て防寒着を着込み、登頂を開始した。すぐに「俺は朝はダメだ」と漏らしはじめたベッキーは、たしかにひどいありさまだった。彼の元彼女が「フレッドは朝起きると、足が痛むし、ボロボロなの。見てるこっちがつらいくらい」と言っていたのを思い出した。がさついた肌に深い皺が刻まれた顔に、風に吹かれて鞭のようにうねる肩まで伸びた髪。その猫背の体は明らかにこわばり、ガタがきているようだった。それでも、筋の浮いた腕と大きな手にはまだまだ力がこもっていそうだ。実際、ベッキーはサハレ山の斜面を、楽にとは言わないが着実なペースで一気に登りきり、年齢が半分ほどのクライマーと互角に渡り合うことができる。最近のパートナーがみなそれぐらいの歳であることを考えると、これは幸いだった。

ただ、今朝のベッキーの機嫌はいつにも増して悪い。予期せぬ計画変更のせいだ。ベビーと私を3日間の遠征に誘ったとき、ベッキーは長年照準を合わせてきた山への冬季初登頂を狙っていて、それはいま登っている標高2645メートルのサハレ山よりもはるかに野心的な計画だった。だが、昨晩、野営地に到着したあと、当初の目的はあまりに難しくて現実的ではないと判断したベビーと私が〝反乱〟を起こし、より登るのが簡単な、テントの真上にそびえる見映えのいいサハレ山登頂を提案したのだ。

1時間以上にわたる激論の末、ベビーと私が押し切った。だがそれ以来、ベッキーはわれわれを責めつづけている。「お前らはここに何しに来たんだ」と吐き捨てるように言う。「登りにきたんじゃないのか。価値ある山にだよ、くそっ、ちくしょうが！ サハレなんて30年前に登ったよ。女の子と一緒にな。一度だってクライミングなんかしたことない女の子とだ、ちくしょう」

だが、昼になって風がやみ、冷たい日差しのなかあたり一面の氷河が輝く、高さ60メートルのピラミッドの麓にたどり着く頃には、ベッキーの機嫌も上向いてきたようだった。昨日、マーブルマウントのレンジャーステーションで入山受付をする際に窓口の女性職員が、デラウェア州の半分ほどの面積を持つこのノース・カスケード国立公園の荒野には、現在私たち3人しかいないことを教えてくれた。登山口の駐車場から車で2時間も行けば、都市や街で400万人が退屈な仕事をしているだろう。ベッキーはまるで、そうした人たちをからかうかのように、ちゃめっ気たっぷりに顔をほころばせながら、たわいもない長話を続けている。

サハレ山の最後の登りは、ただでさえ滑りやすい霜の降りた急勾配の岩場だったが、オフシーズンのせいか、予想以上にやっかいなコンディションだった。リードをとったベッキーは、霜で覆われた鋭い岩山稜を素早く登っていく。小さな山頂に私とベビーが合流すると、興奮したベッキーの口からはほとばしるように言葉が飛び出す。荒々しい花崗岩の尾根と、雪崩にさらされた氷原——そこにはこのアメリカでもっとも荒涼とした大地が四方に広がっていた。故ウィリアム・O・ダグラスの言葉を借りれば、ここに集まった山々の数は「多すぎてとても数えきれない」

周りを取り囲む目もくらむような光景を見下ろしながら、いまは静かになったベッキーの胸中には、どのような思いが去来しているのだろうか。数えきれないほど多くの山に足跡を残してきた彼だが、ここノース・カスケードほど、熱心に足を向けた場所はほかにない。その人生は、この驚くべき大地の地面そのものに縫い込まれ、フォービドゥン（禁足地）、フューリー（激しい怒り）、ドラゴン・ティース（竜の歯）、クルックド・サム（曲がった親指）、ファントム（幻）、フラッグポール（旗ざお）、カット・スロート（喉をかっ切る者）、デスペア（絶望）などの恐ろしい名を冠した数々の山頂が織りなす銀河と永遠に結びついている。数分のあいだこの光景に見入ったあと、まばたきを何回かすると、ベッキーの心のエンジンは明らかに違うギアに切り替わったようで、灰色の無精ひげの顔に不敵な笑みを浮かべると「ああ、ちくしょう」と口火を切った。「冬にサハレに登った奴なんて聞いたことがない。もしかしたら俺たちが初めてかもな。こんなお笑いをやってのけたのは。なんてこった。サハレ山冬季初登頂だよ、くそったれ」

野球ファンがコーファックスやマントル（ともに1950年代から60年代にかけて活躍したアメリカのメジャーリーガー）のキャリアを分析したがるように、登山をする人たちもベッキーがもっとも活躍した年がいつだったのかを議論するのが好きだ。通称〝デビルズ・サム（悪魔の親指）〟と呼ばれる巨大な岩山を登攀してアラスカにおける登山を新しい次元に押し上げた1946年だったという声もあれば、デボラ山、ハンター山、マッキンリーの北西バットレス（頂上に向かって急角度で切り立った岩壁のこと）を制覇した1954年という人もいる。さらに、1961年にシュイナードとチームを組んで達成した、カナダのバガブー山群にあるサウス・ハウザー・タワー西壁――中空にそそり立つ純白の花崗岩でできたバットレス――登攀は、いまでも北米の登山界においてもっとも美しいアルパインロッククライミングとされている。また、

1963年には48のメジャールートを制覇し、そのうちの26が初登攀だった。

絶頂期には、ベッキーが山から降りてくるのは、まるで大工が傷んだ釘を取り換えるかのように、疲れきったパートナーを交代させ、次の登山のための天気予報を調べるあいだだけだった。長距離電話をかけるふりをして、次に登りたい山のそばにある田舎町にいるオペレーターに通話をつなぎ、甘い声でおだてては窓の外を見て空が曇っていないかどうかを教えてもらう。これがいつものやり方だった（なんせこれなら無料である）。山に登りつづけるという目的を果たすため、つねに次のパートナーを探し、遠い土地の天気を知る必要があったベッキーは、昔から電話ボックスのなかで多くの時間を過ごしてきた。電話は一度に数時間にもおよぶことがあり、それはいまでも変わっていない。あるとき、パートナーを務めた登山家たちが、ベッキーを写した写真のスライドショーを催した。フェアバンクスからアルバカーキに至るさまざまな電話ボックスのなかで、受話器を耳に押し当て、手元に紙袋いっぱいの小銭を用意してしゃべりまくるこの偉大なアルピニストの姿がスクリーンに映し出されると、場内は笑いの渦につつまれた。

1963年の夏の終わり、ベッキーは、スティーブン・マーツ、エリック・ビョルンスタとともにオレゴン州東部でロッククライミングをしていた。3人が住んでいたシアトルに戻る長いドライブの途中、ベッキーはビョルンスタに、もう1本登らないかと水を向けた。「どこに行くつもりなんだい?」と聞く彼に、「いまは言えない」と短く切り返すと、「でも、ちょっとしたもんさ。行く価値はある」と言った。ベッキーの異常なまでの秘密主義に慣れていたビヨルンスタとマーツはそれ以上細かくは聞かずにその計画に乗ることにし、車はそのままシアトルを通り過ぎてカナダに向かった。「夜通し車を走らせたよ」とビヨルンスタは回想する。「それがフレッドのスタイルなんだ。止まることも眠ることも許さない。ひとつのプロジェクトが終わったら、そのますぐに、できるかぎり早く次に向かおうとする。いつもそうだ。国境を越えてブリティッシュコロンビアに入り、周りに山が多くなってきてようやく目的地を教えてくれた。スレス山だと」

ブリティッシュコロンビアのホープという街から南に30キロ、チリワック・レンジの外れに、いまだ誰にも登攀を許していないスレス山の北東バットレスが威嚇するように突き出ていた。ベッキーは過去に二度、このルートの麓まで来たことがあった。緑の深い谷間から、なめらかな黒い閃緑岩(せんりょくがん)の〝へさき〟が1キロ近くにわたって垂直に切り立っている。1956年には、トランスカナダ航空の旅客機が真っ正面からこの岩壁に突っ込み、62人の乗客が死亡する事故が起きている。ベッキーが初めて登攀を試みたとき、この山の麓は「金属片やシートのクッションの残骸、バラバラになった人の体でいっぱい」だったという。だがそんな惨状を前にしても、つねに目の前のチャンスを見逃さない彼は、「すこしでも金が落ちてないか」じっくりと周りを見回した。ニュースでは乗客の一人が現金で8万ドルを持っていたと報じられていたからだ。

ベッキーの最初の二度の挑戦はいずれも、エル・キャピタンに匹敵する大きさのこの岩壁の半分も行かないところで終わっていたが、ビヨルンスタはそのわけをすぐに理解した。このルートはとても正気とはいえない絶望的なものだったのだ。一行は丸2日間必死に登りつづけたが頂には達せず、難しいピッチの途中で日が暮れ、マーツにいたってはハーケンから伸びたスリングにぶら下がって寒さに震えたままみじめな夜を過ごさざるをえなかった。だが、天気はなんとか持ちこたえた。その翌日について、後にベッキーは次のように記している。「あとほんの数ピッチ、きれぎれのそれほど難しくはない登りをこなせば、山頂に着く。とんでもなく幸せだ。ノース・カスケードの美しき女王とでも言うべきルートの達成……長さといい、見栄えといい、逃げ場のなさといい、このルートはまさに第一級の傑作と呼ぶにふさわしい」

実際、このスレス山登頂は、アメリカの登山界におけるもっとも偉大な功績のひとつと言っても過言ではなかった。だが、その重要性を理解できたのは一握りの玄人だけであり、大半の人はこの山の存在すら知らなかった。そのため、この登頂については、その年の9月に出た『スポーツ・イラストレイテッド』誌の〝その他の顔ぶれ〟というコラムに、ブルックリンで40キロのマグロを釣り上げた看護師の写真の下に、切手ほどの大きさのベッキーの顔写真とともに小さい文字でたった2行載っただけだった。そして、この目立たない紹介記事が掲載された1カ月後、ベッキーと同じシアトルの住人であるジム・ウィッタカーがアメリカ人として初めてエベレストの山頂に到達して『ナショナルジオグラフィック』誌に特集されるのを何千万人もの読者が目撃する。負けず嫌いのベッキーにとって、どこにでも置いてあるこの雑誌が目に入るのはひどくつらいことだったに違いない。

この1963年のアメリカ人によるエベレスト登頂は、人類の宇宙到達に匹敵する、国家の威信をかけたプロジェクトの成功として歓呼の声で迎えられた。ベッキーが誰も名前も知らないような山の岩壁の上で冷たい缶詰の豆を食べているあいだに、〝ビッグ〟・ジム・ウィッタカーは誰もが知る有名人となり、エベレスト登頂後の大騒ぎの勢いは、華やかなりしケネディ政権時代の中枢であるホワイトハウスにまで届いていた。そしてほどなくして、なぜベッキーはこの探検に参加しなかったのだろうという声が聞かれるようになった。そうすれば、今頃はみなとともに褒めたたえられているはずだったのに、と。

ベッキーは、これまでエベレストに向かったどのアメリカ人登山家よりも素晴らしい登山記録を持っていたし、1963年の遠征にはぜひとも参加したいと公言していた。しかし、アメリカ遠征隊のリーダーとして尊敬を集めていたノーマン・ディーレンファースは、ベッキーのチーム入りを断固として拒んだ。

登山家としての実力は疑いようがなかったが、自信過剰でせっかちで融通の利かない性格のせいで、ベッキーは多くの人の反感を買っていた。奴と一緒に登るのは危険だ。山頂を狙うためならどんなことだってやりかねない。そんな陰口も聞こえてきた。１９４７年にベッキーがハーバード大学の遠征隊にくわわって、ブリティッシュコロンビアのアスペリティ山に登ったとき、雪崩によってメンバー1名が死亡した。さらに１９５２年にも、ノース・カスケードのバーリング山北壁に挑んだ際にパートナーが滑落死している。いずれも、ベッキーの行動とはなんの関係もない事故だったが、それでもこうした事実は腐った魚の臭いのように彼につきまとった。

そして、ベッキーの評判をもっとも傷つける出来事が起きたのは、１９５５年の秋に、注目を集めたディーレンファース率いる多国籍遠征隊の一員として、当時未踏峰として世界最高峰だったネパールのローツェ登頂を目指したときのことだった。雨期のあとの秋の気候は厳しく、ヒマラヤ山脈の高地にはつねに強風が吹き荒れていた。それでも10月22日には、ベッキーとブルーノ・スピリグというスイス人クライマーは二人のシェルパとともに、標高７６８０メートルの位置に張ったテントに身を潜め、８５００メートルの山頂へのアタックを狙うところまで来た。

だが、天候がそれを許さない。想像を絶する寒さのなか彼らは2日待機したが、ハリケーンのような強風のせいでテントがバラバラになってしまい、ディーレンファースは無線でチームに下山を命じた。だが、なんとか7380メートル付近まで降りたところで、雪盲（せつもう）（雪に反射した紫外線の刺激で、目が炎症を起こすこと）と高山病に苦しんでいたスピリグの体が限界を迎える。そこから900メートルほど低い位置にあるキャンプから双眼鏡で様子をうかがっていたディーレンファースは、ベッキーがこの動くこともできなくなったスイス人を寝袋すらないボロボロのテントに置き去りにして、嵐のなか二人のシェルパとともに降下を続けたのを見て、いらだちをつのらせていた。「とても理解できない行動だった」とディーレンファースは驚いた様子で日記に記している。「明日、できるかぎり早くここを出て、スピリグを降ろしてこようと決めた。そのときまで彼が生きていればの話だが。われわれは心配で夜も眠れなかった」

そして翌日。残りの隊員を率いて、超人的な努力の末にスピリグを救出したディーレンファースは、動けなくなったパートナーを見捨てたベッキーに激怒し、厳しく叱責した。一方、そのときは自分も低酸素症と極度のストレスで体も頭もうまく動かなかったので、スピリグを置いて救助を呼びに下山を続けたのは正しい判断だった、とベッキーは言い返した。オレゴンの新聞記者の取材に対しては「こういう遠征のときに、いつも理性的な行動がとれるとは限らない。ゲリラ戦みたいなもんなんだからな」と答えている。ただ、いずれにせよ、このローツェ挑戦から7年後にベッキーがアメリカのエベレスト遠征隊に参加したいと持ちかけたとき、ディーレンファースは一顧だにせずそれを却下した。

「フレッドは決してその件について口にしない。だからこそ、本当に気にしているのがわかるんだ」と言ったのは、人付き合いが不得意なベッキーにとって親友とも言えるシビル・ゴーマンだ。ビヨルンスタも同意し、次のように言い添えた。「エベレストの遠征隊に入れなかったことについてどう思ったか、フレッドは何も言わなかったし、話題にも出さなかったよ。でも、すごく気にしていたのは間違いない。1962年にエベレスト遠征隊の募集がはじまって、自分がそこに入れないことがはっきりしたとき、彼はひどく動揺して落ち込んだ。そして、それまで以上の勢いで山を登りはじめたのさ」。その年、ベッキーは33の初登を成し遂げた。これは自己新記録だ。

ただ、ベッキーをよく知る人たちは、たとえローツェでの一件がこじれていなかったとしても、彼がエベレスト遠征隊に選ばれることはなかったのではないかと思っている。なぜなら、そもそもチームには向かない人間だからだ。長年の友人であるダグ・スタッフルビームは「フレッドは何かをしたいと思ったら、すぐにやらないと気がすまない。誰かにやめろと言われるのは我慢できないんだ」と言った。

「あのおやじは残念ながら、付き合いやすいとはとても言えないからね」とゴーマンも親しみをにじませながらもすこしあきらめたように言う。「みんなそう言うよ。彼が多くの登山仲間のあいだを行ったり来たりしているのはそのせいでもある。フレッドと一回一緒に山に登ったら、しばらく離れてクールダウンする必要があるんだ」

この社会を動かしている常識などベッキーには理解できないようで、つねに世間とは足並みがズレていた。「フレッドは普通の基準では測れない」と、スタッフルビームは強調する。彼はベッキーを、音楽や絵画や数学といった分野ではなく、なぜか垂直にそそり立つ壁を登る天賦の才を授かった、気難しくも素晴らしい奇才であると思っている。「彼は一種のサヴァンみたいなものさ。山を登らせれば本当にすごいけど、人付き合いはあまりうまくできないんだ」

ベッキーは子どもの頃から、世間に適応できない人間だった。1923年にドイツのデュッセルドルフで——つまり、激動の時代にその震源地といえる場所で生まれたベッキーは、その3年後、家族とともにシアトルに移住する。母親は優れたオペラ歌手、父親は医者で冷淡と評される人物だった。ゴーマンによれば、一家がアメリカという新しい環境に飛び込んだにもかかわらず「フレッドと弟のヘルミは完全にドイツ式のやり方で育てられた。母親は二人にニッカーボッカーを履かせて、毎朝自然のなかで呼吸法の練習をさせた」という。アメリカはドイツとの戦争を終えたばかりで、すぐに次の戦争に移ろうとしていた。若き日のヴォルフガング・フリードリヒ・ベッキーが、その目立つ名前と変わった服装で、移民の両親のもと、外国人嫌いの風潮がとくに強かった当時のアメリカで過ごした少年時代は、決して楽なものではなかった。学校でほかの生徒にからかわれないよう、ベッキーは母親と相談して、以降、フレッドという名前で通すことを決めた。

シアトルという土地はほとんどどこからでも、東西の地平線にゾクゾクするような高い岩山がそそり立っているのが見える。はじめはボーイスカウトとして、その後は「マウンテニアズ」という地元の登山クラブの一員として、ティーンエイジャーのベッキーはこの険しい山々に足を踏み入れる。そしてすぐに、山のとりこになった。だが、それは自然の静けさに魅了されたからではなかった。ベッキーが山に執着しはじめたのは、危険な急斜面をよじ登るのが信じがたいほど得意であり、周りの人間たちが自分を好きになってくれるとまでは言わないまでも、しぶしぶながらも認めてくれることが大きかった。人から認められるという感覚は彼にとって新鮮であり、とても気分がよかったのだ。

1939年、ベッキーは16歳のときに、人生で初めて未踏峰を制覇している。氷に覆われた花崗岩がピラミッドのように連なる姿が印象的な、カスケード山脈のなかでもひときわ目立つ、デスペア山という山だった。その後、彼は次々と初登頂を果たしていく。1942年には、当時16歳だった弟のヘルミとともに、カナダの辺境にあるウォディントン山の第二登を成功させている。ここは北米でもっとも恐ろしい山のひとつとされ、それまでに16人もの強い登山家たちの挑戦をはねのけ（うち1人は無残な滑落死をしている）、まだ伝説的な人物であるフリッツ・ウィスナー率いるチームにしか登頂を許していなかった。シアトルのティーンエイジャー二人による快挙の一報が国を超えて登山コミュニティに広まると、最初は疑いの声が多かったが、じきにそれは純粋な畏敬の念に変わった。

また、フレッド・ベッキーの獰猛なまでの気力や、何を差し置いても目指す山の頂に突き進むその姿勢は、このウォディントン登頂のときから際立っており、同時にその裏返しの欠点も露呈していた。じつはこの登頂を伝える記事からは、この冒険に同行した第三の人間――エリック・ラーションという年若い登山家の存在が抜け落ちていた。海抜ゼロメートルの場所からウォディントン山に向かう途中、コースト山脈のひどいヤブのなかを猛烈な勢いで抜けていく際に、ベッキー兄弟は自分たちについてこれないラーションのためにペースを落とすことはしなかった。つまり彼らは、ラーションをブリティッシュコロンビアの原野奥深くに置き去りにし、二人だけでウォディントン山への旅を続けたのである。伝えられるところによると、見捨てられたこの登山家はその後なんとか原野を抜けて街に戻ることができたが、その後、ベッキーが彼に会いに行くことは二度となかったという。

大目標を前に頭がいっぱいだったベッキーは、ラーションを置き去りにするのがまずいことだとは思いもしなかったのだろう。〝俺たちには登るべき山があるんだ、ああ、ちくしょう。

それ以上に重要なことなんて、あるわけねえだろう〟と。

その揺るぎない集中力と燃えるような登山への渇望のせいで、ベッキーにはほかの人の気持ちがわからないことが多かった。自分の奇妙な振る舞いが登山仲間たちを、あやうく暴力沙汰になりそうなほど怒りの爆発寸前まで追い込んでいることに、まるで気づいていなかったのだ。たとえば、ビヨルンスタによれば「ベースキャンプではつねに読み物は貴重なんだけど、フレッドはいつも、読んだ雑誌のページを端から破っていって、丸めて握力のトレーニングをしたあとに火に投げ込んでしまうんだ。まだほかに誰も読んでいなくてもね。同じようなことはチャーリー・ベルっていう登山家もしていたけど、すくなくとも彼の場合はそのページを食べて、食料を節約しようとしていたからね」

ビヨルンスタはまた、ベッキーとともに1965年にニューメキシコ州のシップロック〈同州のサンファン郡ナバホ自治区にある岩山〉に新ルート開拓に行ったときのことも思い出した。切り立った南西バットレスを4分の3ほどを登ったところで、二人は壮絶な怒鳴り合いとなり、ビヨルンスタはベッキーにクライミングを中止すると告げたのだった。二人は垂直降下で岩場を降りると、ビヨルンスタはベースキャンプで待っていた彼女とともにハイウェイまで歩いていって、シアトルに戻るべくヒッチハイクをはじめた。一方ベッキーはそれからしばらくして、新しい登山パートナーを探すために1956年製のピンクのサンダーバードでシアトルに戻ったが、彼らを乗せてやりはしなかった。
「それから数日間、ハイウェイの路肩に立って親指を立てて（乗せてくれる車を）待っていたら、フレッドの車がゆっくり近づいてきた。そしてぼくらをからかってそのまま走り去ったんだ」とビヨルンスタは回想する。このとき、二人はお互いに怒りの炎を燃え上がらせていたが、その月の終わりにはふたたび一緒に登山をするようになっていた。「フレッドはぼくに対してそんなに長く怒ってはいられなかったんだろう」とビヨルンスタは言う。「だって、いつもパートナーを必要としていたし、ぼくは平日でもすべてを投げ出して一緒に登山に行ける、数少ない仲間の一人だったからね」

「あー、あー、こりゃ、なんてんだ？」。ワシントン州セドロウーリーのスリフティ・フーズというスーパーマーケットの食品売り場で、大きく広がった髪型に、長い爪に赤いマニキュアをした女性店員から、試食品のポークソーセージを手渡されたベッキーは、そう聞き返した。無理やり笑顔をつくりつつ、セールストークをはじめた彼女だが、明らかにベッキーをどう扱えばいいのかわかりかねているようだった。山を降りたばかりで4日間伸ばしっぱなしの白髪交じりの無精ひげに、ボロボロのシャツを3枚重ね着した体からは獣のような匂いが漂い、汚らしいパイル地のズボンは骨張った尻から半分ずり下がっている。このアメリカでも最高のアルピニストを、通りから店に入り込んできたアル中と勘違いしたとしても彼女を責められまい。「うー、うー、悪くねえ」とベッキーはソーセージをほおばりながら、「まあ、馬のチンポにそっくりだけどな」と高らかに宣言するのだった。

さらに6切れか7切れほどソーセージをむさぼり食うと、生鮮食品売り場に移動して試食品のトレイの天ぷらをがっつき、惣菜売り場では無料で配られていたトルテッリーニの小皿をつまみ、最後はベーカリーでチョコチップクッキーとブルーベリースコーンを平らげ、「このスーパーは土曜がいいんだ」と言った。「ほんとに悪くねえ。いや、最高だな。ちくしょう。なんせ全部タダだからな」。売り場から売り場へと次々と動き回るわれわれに、店員がいくら眉間に皺をよせていやな顔をしていても、どこ吹く風だ。

彼はこの歳になってもいまだに、お金をほとんどかけずに楽に暮らしていく達人だ。そして、人もうらやむような見事なクライミングスキルを維持しつつ、つねに山に登りつづけている。1970年代から80年代にかけては、険しい岩や氷の壁を求めてアラスカ、中国、インド、ケニアにまで足を延ばしていたし、いまから1年前にはヨセミテで、ほとんど安全確保がされていないグレード5・10のフェースをリードした。70年間にもわたってベッキーは老いることを拒否し、かたくなな意地の一徹で、まるで無軌道な若者のような尽きることのないエネルギーとそれを支える強靭な体を維持してきたのだ。

とはいえ、意地にも限度というものがある。ベッキーがもう若くないことは徐々に明らかになってきた。友人たちは、老いが彼に追いついたとき、最後はどうなってしまうのだろうと心配するようになった。体が衰えて、いまのような勢いや精力が失われたら？　もし山に登れなくなったら、彼に何ができるのか？

より現実的な話をすれば、どうやって生活していくのかという問題もある。自分の懐事情や仕事については、ベッキーは親しい友人にもかたくなに口を閉ざしてきた。これまでは、セールスマンやトラックの運転手、デパートの店員などをして登山の費用をまかなってきた。60年代には、ジョン・ジェイやディック・バリモアのスキー映画の宣伝役としてかなりの成功を収めていたようだ。だがいまでは、もう何年も彼がまともに仕事をしている姿を誰も見たことがない。最近の収入源といえば、たいした金額にはならないだろうが、前にも触れたようなスライド上映会や、全3巻、合計1000ページの不朽の名作、『カスケード・アルパイン・ガイド』シリーズ――ワシントン州カスケード山脈の入り組んだ峰々のなかから選ばれた、1500にもおよぶ頂上に至るクライミングルートの数々について、執拗な調査をもとに、細大漏らさず書きつづったガイドブック――の印税ぐらいではないだろうか。

いくら稼いでいるのかはわからないが、それが老後の備えとして十分な額でないことは誰の目にも明らかだった。「フレッドがいつか文無しになって路頭に迷うんじゃないかと、すごく心配なんだ」とゴーマンは打ち明けた。「もう何年も前から、彼が保護施設やみすぼらしい老人ホームに入れられている悪夢を繰り返し見るようになった。ひどく鮮明な夢なんだ。そのなかでは、フレッドはもうろくして、完全におかしくなっている。背中を丸めて、まるで登山に出発する前に道具を準備するみたいに、必死になってペーパークリップをいじりまわしているんだ。来る日も来る日も何時間もかけて、ずっと……。そこでいつも目が覚める。体中、冷たい汗でびっしょりになってね。フレッドとはしばらく前から行動をともにすることはなくなった。それでも、もし老いぼれて山に登れなくなったとき、誰があの哀れなジャガイモみたいな老人の面倒を見るのか、心配で仕方ないよ」

ゴーマンいわく、ベッキーは「長いあいだ、自分の年齢とまったく向き合おうとしなかった」。実際、何十年にもわたって、公表した自身の登山記録のなかで、彼は年齢を偽りつづけてきた——40代も半ばになっても、自称33歳のまま山に登っていたのだ。だが、寄る年波がついに彼を捉えつつある、とゴーマンは思っている。近ごろベッキーは、5年前なら余裕で越えていたような壁が登れなくなり、若いパートナーたちは途中で止まって、この伝説のアルピニストが息を整えるのを待たなければならないことが増えた。

「フレッドは、ついに死を意識しはじめたんだと思う」とゴーマンははっきりと言った。「ここ数年で、活動量ががっくり減った。それにそのせいで、生まれて初めて孤独を感じてるんじゃないかと思う。これまでいつも人に囲まれて、多くの人の人生を渡り歩いてきたけど、本当の意味で心を通わせることはなかった。そのツケがまわってきたんだ。一皮むいて見れば、フレッドはとても孤独な男なんだ」

ベッキーが高みの上でその偉業を〝どのように〟成し遂げてきたかを知るのは難しいが、〝なにが〟そうさせたのかについては簡単だ。未踏峰に登ること――自分こそが、ある山の頂上という象徴的な場所に、この悠久の時の流れのなかで、人類史上初めて立った人間であると自覚すること――は、開拓者たる登山家に、消えることのない大いなる充足感をもたらす。それに、初登を成し遂げた者にその山の命名権があるという伝統の存在も大きい。

言うまでもなく、ベッキーも数えきれないほど多くの山に名前をつけてきた。ただ、意外というべきか、実在の女性からとった名をつけたのはたった一度だけだ。その栄誉にあずかったのは、聡明で、美しく、意志の強い、活発な人だった。ギリシャの血を引き、数カ国語を流暢に操るその女性は、普段からゆうゆうと葉巻をくゆらせていたという。彼女の名はヴァシリキ。ベッキーが彼女に出会ったのは、1952年のはじめにワシントン州のスティーブンス・パスでスキーをしていたときで、彼はまだ29歳だった。二人はそのあと何度か一緒にスキーをし、テニスをやり、パーティーにも行った。だが、6月になる頃、ヴァシリキはある男と出会う。のちにレーガン大統領に任命されて連邦地方裁判所の判事となる優秀な弁護士だった。数カ月後、彼女はその弁護士と結婚し、二人のロマンスははじまる前に終わりを告げた。

報われなかった恋に胸を焦がしながら、その年の夏、ノース・カスケードにおもむいたベッキーは、山脈の東端に連なる鋭く切り立った岩峰の下にベースキャンプを設営した。そのなかでももっとも魅力的だったのは、山頂付近のそそり立つ花崗岩が印象深い一峰だった。その後、その山は、アメリカ地質調査所作製の地図に〝ヴァシリキ・リッジ〟という名で載ることになる。

ただ、ベッキーは彼女への失恋を、すぐに乗り越えたようだった。『PLAYBOY』誌の創刊者であるヒュー・ヘフナーと同世代のベッキーは、同じく、プレイボーイであることを信条とした。自由の身であることを誇り、多くの女性と付き合いながら、決して一人に愛を誓うことはなかった。飛行機のスチュワーデスからトップレスショーのショーガール、不動産会社の社員、地質学者、ターザーナの空中ブランコ乗りまで、付き合った女性は数えきれない。「フレッドは古いタイプの男だった」とゴーマンは言う。「ワイルドで派手な女性と一緒にいるのが好きで、それを一種のステータスだと思っていた。行く先々にガールフレンドがいて、しかもみんなセクシーな美女ばかりなんだ」

ベッキーはよく、結婚は愚か者のすることであり、登山家としては絶対にやってはいけないことのひとつだと、大声で長弁舌を振るっていた。そのためある夜、サハレ山の麓で風にはためくテントのなかで横になっていたときに、かつて結婚する寸前まで行ったことがあると打ち明けられた私はひどく驚いた。なぜしなかったのかと訊くと「さあな。しとけばよかったのかもな」という答えが返ってきた。

「その女性は誰だったんですか？」

「なんで相手が一人だと思うんだ？」

「1950年代に山に名前をつけたあの人ですか？　ヴァシリキと結ばれなかったことを後悔してるんですか？」と問い詰めたが、「外の天気はどうだ？　南西から何か来てるのか？」という言葉が返ってきた。どうやら会話はもう終わりのようだった。吹きすさぶ風の音だけが響き渡る。だが数分が経ったあと、テントの隅からふたたび声がした。「ああ、ヴァシリキはいい女だった」悔やむような静かな口調でベッキーは言った。「ちくしょう。あいつはたいしたもんだったよ」。そしてすぐに、彼は寝返りを打っていびきをかきはじめた。

友人たちによれば、じつは最近、ベッキーは結婚についてよく話しているそうだ。どうやら9時5時の仕事も探しているようだし、安い家を買おうと不動産業者に相談もしているようだ。みな、フレッドはここ数年でずいぶん丸くなったと口をそろえる。もしかしたら、手に負えないクライミング・バムとしての〝任期〟が終わりに近づきつつあるのではないか、と。この年老いた放浪者はついにピッケルを手放す時が来たのか。あるいは、そうとは限らないのか。

ベッキーとマーク・ベビーと私は、ノース・カスケードの奥地にある轍のついた泥道の上を車に揺られている。ヒマラヤに行くとか、パタゴニアでクライミングをするとか、アラスカに戻ってムース・トゥースに挑戦するとか、ベッキーは思いつきの計画をしゃべり散らしている。車がカーブを曲がると、はるか上に花崗岩の壁がそそり立っているのが見えた。300メートル以上はありそうな美しい急斜面だ。

「なあ、フレッド！」とベビーが叫ぶ。「あれを見なよ！ あの壁は誰か登ったことはあるのかい？」

「いや、誰も登っちゃいねえ。まずまずの岩だな。ちくちょう。ああ、たぶんくそ硬い花崗岩だろう。いまのクライマーはジムに行きたがるだけで、誰も登っちゃいねえよ。くそったれ。メモリアルデー〔戦没将兵追悼記念日。5月の最終月曜日と定められている〕まで待ったらどうだ？ここまで来るのに雪もねえし、ルートをつくるのにいいんじゃないか？」

「そんなに待てないよ」とベッキーの軽口を遮ったベビーは、未踏の岩壁の様子をよく見るために車を止めた。「すごくいい壁だね。来週末、あんたがシカゴでスライドショーをやってるあいだに、登ってみようかな」

ベッキーはベビーを睨んだ。目が光っている。「足をへし折ってやろうか、マーク?」。振り返ったベビーはベッキーの眼光を受け止めながら、その言葉が本気なのかを測ろうとしている。たぶん、からかっているだけだろう。もしこの壁を〝盗んだ〟としても、この老人が自分のあとを追いかけ回すとは思えない。いや、それでもあるいは……? ベビーの視線を受けても、ベッキーはまっすぐに睨みつづけている。その表情には一片の笑みもない。

先にまばたきをしたのはベビーの方だった。彼は視線をそらすと山を抜けるために運転を再開した。「心配するなよ。フレッド」と、半分笑いながらもすこし緊張した感じでベビーが言う。「俺はあんたのルートを盗んだりしないさ。全部あんたのもんだよ、ご老人。ルートは全部、あんたのもんだ」

追記:フレッド・ベッキーは2017年10月30日に亡くなった。94歳だった。

1992年7月『アウトサイド』掲載

苦しみを抱きしめて

Embrace the Misery

世界は破滅に向かっている。だからといって、慌てふためく必要はない。

われわれは生まれつきの楽天主義者で、幸せな愚か者です。個人的な災難や不幸に見舞われたとしても、時が経てば物事は良くなるという信念が揺るぐことはない。悪は最後には報いを受けるし、真実は最後には明らかになると思っている。だからいまから100年が経てば、世の中は良くなっているはずだと信じて疑わない。

ただしこれも、最近までは、でしょう。近ごろは、文明の終わりが近づきつつあるのではないかという予感がする。そう思っているのはあなただけではありません。ペシミズムはたちの悪いウイルスのように空気中を漂い、多くの人に感染する。マスコミは毎日のように、腐った政治家や怒り狂った暴徒、狂信的なカルト集団や破綻した国家、広がる失業や生態系の危機などを報じる。友人からは「手遅れになる前に」銃と弾丸をたくさん買い込んでおくよう勧められる（その友人はショットガンや狩猟用ライフル、セミオートのアサルトライフル、くわえて驚くほどの種類の拳銃と、じつに30種類以上の武器を持っている）。どう考えても、未来の見通しは暗く、マルサス主義的（人口増加のペースに食糧供給が追いつかず、いずれ国家が破産するという理論。イギリスの経済学者、トマス・ロバート・マルサスが唱えた）なものになっていっている。

いったい、何が起きたのでしょう？ つい最近まであったはずのお気楽な雰囲気が、どうしてこのような絶望に変わってしまったのでしょうか？

文明の時代が生んだ奇跡的な技術革新によって、わからないことはなくなり、人間の苦しみは和らいでいくはずではなかったのか。ベルリンの壁が崩壊し、フランシス・フクヤマが専制政治に対する欧米的な理想の勝利を宣言し、戦争はもはや起こらなくなったと宣言したのはほんの数十年前のことではなかったのか。

「私たちが目撃しているのは、たんに冷戦の終わりというだけでなく……そのような歴史の終わり――つまり、人類のイデオロギーの進化の終着点なのかもしれない」とフクヤマが高らかに言いきったのは有名です。

その後に起きたことについて、フクヤマの批判者たちは、彼の「歴史の終わり」なる浅薄な予言には、熱力学第二法則が織り込まれていなかったからだと言います。これは、熱いエスプレッソに入れた氷が溶けることや、あるいは、過去の出来事をいくら集めても、未来の出来事は予測できないことの理由です。つまり、「時とともにエントロピーは増大する」――すべてが劣化し、秩序が乱れ、分解されていく。これは宇宙の法則だということです。モノはバラバラになり、中心はなくなる。進歩は必然的に壊滅を招く。究極のパラドックスです。熱力学第二法則に従うなら、この地球がいずれ、生命の存在しない凍った大地になる運命なのは間違いないことになります。

ただし、その世界の終わりはすぐにはやってきません。宇宙そのもののエントロピーは不可逆的な形で増大していますが、宇宙を構成する個々のシステムのエントロピーは、それぞれのペースで上下している。不思議なことに、全体でいえば確実に崩壊に向かっていても、ある空の下では逆に秩序が生まれています。

サハラ砂漠にもときおり雨が降る。震災や戦争による惨状のなかでも、母親たちは子どもを産む。帝国が栄えては滅び、新しい帝国にとってかわられる。熱力学第二法則によれば、エスプレッソのなかの氷は溶けてしまうが、それでもキッチンの冷蔵庫では新しい氷がつくられつづける。冷蔵庫に外部からエネルギーが供給されつづけるかぎりは――そして、それによって外部のエントロピーを増大させつづけるかぎりは――ですが。要するに、熱力学第二法則は、この世が地獄の底に向かって真っ逆さまに落ちると規定したものではありません。その下降は緩やかであり、ところどころ上に持ち上がるような動きをはさみつつ進行する。最終的に容赦ない結末にたどり着くのは、あなたが幸せな人生を送り終えた、はるかあとの話でしょう。

とはいえ、私たちがいま抱えている漠然とした不安が根拠のない妄想かといえば、そんなことはない。みなさんの多くは欧米という特権的な環境に身を置いていて、これまでの人生を平和と繁栄のバブルのなかで過ごしてきたわけですが、この「甘い生活」が永遠に続くというのはたんなる思い込みです。遅かれ早かれパーティーは終わる。太古から、いかなる優れた文明もいずれは滅びてきました。そしてそれをエントロピーのせいにすることはできません。いいですか？　失敗は、熱力学第二法則のなかにではなく、われわれ自身のなかにあるのです。

人間にとってごく当たり前の行動が、戦争や、経済の崩壊をはじめとするとてつもない不幸を引き起こす原動力になりうることは、歴史が証明しています。したがって、これまでに起きた不幸な時代がふたたびやってきたとしても誰も驚かないし、それがすぐに終わると決めつけるのは浅はかにすぎるでしょう。フランチェスコ・ペトラルカが暗黒時代と名付けた逆境は、ローマ帝国の滅亡からルネッサンス時代が訪れるまで、じつに900年以上にわたってヨーロッパを苦しめました。おわかりかもしれませんが、われわれはいま、それと同じような黄昏のはじまりに立ち合っている可能性だってあるのです。

もちろん、先のことをあれこれ思い悩んでもしょうがない。ただ、そこに何が待っていようと、人類という種の、雑草のような打たれ強さにはすこし安心させられます。世界が仮に新たな暗黒時代の瀬戸際まで来ているのだとしても、ホモサピエンスはそれに対処する戦略を必ず用意します。たとえば、苦難のときには宗教に頼る人が多い。ただ、個人的には聖書よりも、文学の方が救いになるんじゃないかと思います。先の見通しが暗くなったときには、トゥキディデスからヴァルテル・ボナッティ、アニー・プルー、コーマック・マッカーシーまでさまざまな作家から励ましや勇気をもらうことができます。とくに苦しくなったときには、アルベール・カミュに相談するといいでしょう。

カミュは『シーシュポスの神話』という長いエッセイで、その題名の通り、神々からひどい責め苦を受けているあの人物――シーシュポスの伝説を再解釈しました。シーシュポスは巨大な岩を山の頂に押し上げるという使命を負わされていますが、頂上の近くまでくると、その岩は奈落の底まで転がり落ちてしまい、また最初からはじめなければならなくなる。それを何度も何度も繰り返しているのです。カミュはこれを、神々は「意味もなく、成功の見込みもない仕事をやらされることほど恐ろしい罰はない」ことを知っていたからだと言います。転がり落ちた岩に向かって、重い足取りで斜面を下るたび、シーシュポスには「とても耐えられないような大きな悲しみ」がのしかかります。

ところが、シーシュポスがついに、この苦境からは逃れえないことを受け入れて、自らその責任を引き受けたとき、ふと気づけば、苦悩から解放されている。それにより、「無益な苦役」を強いることで神々が得ているひねくれた喜びすらも覆し、たとえ岩を山頂に向かって永遠に押し上げつづけるという境遇は変わらなくても、自らの運命をその手に取り戻します。

絶え間なくつづく苦しみに耐えながら、それでも「なんの問題もない」と断じるシーシュポスを見て、カミュは「高みに向かう闘いそのものだけで、男の心を満たすのには十分だった」と言います。「ここには〝シーシュポスの幸せ〟と言うべきものがあると思わざるをえない」と。

白髪頭のアルピニストは、半世紀以上も断崖絶壁の上で苦闘し、苦しみのなかに目的を探し、意味のない行動のなかに意味を見いだします。シーシュポスが岩を押し上げる苦役のもとで満足したとしても、そう不思議ではないでしょう。

ただ、先の見えない未来とそこから生まれるであろうシーシュポス的な苦難を思うと、これから得られる喜びは期待するほど多くはないかもしれません。そう考えると、多少のことが起きても平然としたまま進む。われわれは、そうした決意を固める必要があるでしょうね。

このエッセイは2010年7月16日にイタリアの芸術祭「LA MILANESIANA」で著者がおこなった講演をもとにしたもの。

謝辞

まず、本書に収録した記事を最初に世に出してくれた出版社の編集者たちに感謝する。『アウトサイド』のマーク・ブライアント、ジョン・ラスムス、ローラ・ハンホールド、リサ・チェイス、ラリー・バーク、キキ・ヤブロン、ブラッド・ウェッツラー、ケイティ・アーノルド、スー・ケイシー、ハンプトン・サイズ。『スミソニアン』のジャック・ワイリー、ジム・ドハティ、ドン・モーザー、キャロライン・デスパード、エド・リッチ、コニー・ボンド、ジュディ・ハーキソン、ブルース・ハサウェイ、ティム・フット、フランシス・グレノン。『ニューエイジ・ジャーナル』のフィル・ザレスキーとデヴィッド・エイブラムソン。『ザ・ニューヨーカー』のデヴィッド・レムニックとサーシャ・ワイス。『メディウム』のケイト・リー。

ペンギン・ランダムハウスでは以下のみなさんにお世話になった。ルアン・ワルサー、ビル・トーマス、ケイト・ランデ、キャサリン・タン、アリソン・リッチ、キャシー・トレーガー、ローズ・クルトー、ベット・アレクサンダー、アンディ・ヒューズ、キャシー・ハウリガン、マリア・カレーラ、ジョン・フォンタナ、ジョン・ピッツ、スザンヌ・ヘルツ、ベス・マイスター、ジャネット・クック、サニー・メータ、キャロル・ジェーンウェー、トマス・トブロボルスキ、デブ・フォーリー、レベッカ・ガードナー、ジェンナ・チョンゴリ、ローラ・スワードロフ、エイミー・メッチ、アン・メシット、ダナ・マクソン、ラッセル・ペロー、ジョン・シチリアーノ、マーティー・アッシャー、ボニー・トンプソン、アンケ・シュタイネッケ、ローラ・ゴールデン、ビル・シャノン、ナンシー・リッチ、ジョエル・ドュー、セレーナ・レーマン、ポーリン・ジェームス。

また、長年にわたって助言と助力を惜しまず、チャンスとインスピレーションを与えてくれた以下の方々に特別の感謝を捧げる。リンダ・ムーア、ベッキー・ホール、ビル・ブリッグス、チョンバ・シェルパ、トム・ホーンバイン、キャシー・ホーンバイン、シャノン・コステロ、デヴィッド・ロバーツ、シャロン・ロバーツ、エド・ワード、ローラ・ブラウン、パム・ブラウン、ヘレン・アプソープ、ローマン・ダイヤル、ペギー・ダイヤル、マット・ヘイル、トム・サム・スティード、サム・ブラウワー、デバラ・ショー、ニック・ミラー、コンラッド・アンカー、ジミー・チン、スティーブ・ロトラー、カリーヌ・マッカンドレス、マリー・ティルマン、トリシャ・ディトリック、エリザベス・オヘリン・リー、ミシェル・ダーシー、ダグ・シャボット、ジェヌビエーブ・ウォルシュ、デヴィッド・クアメン、バリー・ロペス、ダン・ストーン、チャーリー・メイス、ジョシュ・イェスペルセン、ジェフ・フリーフェルド、キャロル・フリーフェルド、デヴィッド・ターナー、リック・アコマッツォ、ゲリー・アコマッツォ、ボブ・カウフマン、グレッグ・デイビス、テッド・キャラハン、スティーブ・

クロフト、アンディ・コート、ベス・ベネット、トム・デイビス、マーク・トワイト、マーク・フェイガン、シーラ・クーリー、デイブ・ジョーンズ、クリス・グーリック、イヴォン・シュイナード、ルー・ドーソン、バーバラ・ヒルシュビヒラー、ネイト・ジンサー、ラリー・ブルース、モリー・ヒギンズ、ホリー・クラリー、マーク・ラーデマッヘル、マグス・スタンプ、キティ・カルフーン、コリン・グリソム、スティーブ・スウェンソン、デイル・レムスバーグ、ジム・バログ、チップ・リー、ピート・アサンズ、ダン・カーソン、クレヴ・シェーニング、カーシャ・リグビー、フィル・ヘンダーソン、ジャッキー・エッジリー、ラルフ・バックストローム、KTミラー、ライアン・ハドソン、ジェレミー・ジョーンズ、ロビン・ヒル、ブロディ・レーベン、クリスティアン・ソモザ、ニール・ベイドルマン、エイミー・ベイドルマン、ロン・ハリス、メアリー・ハリス、サリー・ラ・ヴェンチア、マイク・ピリング、ケリー・カークパトリック、ジョン・ウィンザー、ハリー・ケント、オーウェン・ケント、レネ・アルシャンボー、マーク・ドナヒュー、クイン・ブレット、ルース・フェシッチ、デヴィッド・ローゼンタール、チャーリー・コンラッド、ジョナサン・サザード、ビル・メイヤー、マイク・メロイ、マスード・アハマド、エリカ・ストーン、リチャード・ブルム、ツェリン・ドルジェ、アルナ・アプレティ、グレッグ・チャイルド、クリス・リヴリー、スティーブ・コミト、クリス・ヴェイヘルト、モンティ・マカッチャン、ジョー・ベルトレ、レイ・メイヤーズ、クレイグ・ブラウン、デニー・セドラック、ダン・ジャノスコ、エリック・アッカーマン、スコット・ヴァン・ダイク、エリック・ザカリアス、キャロライン・フロンザック、ケビン・クエバス、ランス・リチャーズ、ココ・ドゥギ、ジェレミー・ロジャース、アニア・モヘリッキー、ショーン・ペン、エディー・ヴェダー、エイミー・バーグ、クリス・コンウェイ、ヤン・ウェンナー、ランディー・マンキン、シーモア・ハーシュ、エリカ・ハギンズ、ランス・ブラック、ジェニ・ロウ・アンカー、スティーブ・ガイプ、パメラ・ヘインズワース、ベッツィ・クアメン、レナン・オズターク、チャイ・ヴァサルヘリィ、マイク・アルカイティス、セシリア・ペルーチ、ロベルト・サンタキアラ、ブライアン・ナトール、クリスティーン・ダーナン、ドリュー・サイモン、アレクサンドラ・マルテラ、ジュリー・マルティネス、デヴィッド・ウルフ、エリック・ラヴ、ジョシー・ヒース、マーガレット・カッツ、カリン・クラカワー、ウェンディ・クラカワー、サラ・クラカワー、アンドリュー・クラカワー、ビル・コステロ、ティム・スチュアート、ロビン・クラカワー、ロージー・リンゴ、アリ・スチュアート、モーリン・コステロ、アリ・コーン、ミリアム・コーン、ケルシー・クラカワー、A・J・クラカワー、デビン・リンゴ、ザイ・リンゴ、アビリーン・ローズ・リンゴ、マーフィー・リンゴ、ニック・ジェンキンス、エステル・ジェンキンス。

Jon Krakauer

（ジョン・クラカワー）

1954年、アメリカ·マサチューセッツ州生まれ。ノンフィクションライター、ジャーナリスト。アメリカの代表的アウトドア誌『アウトサイド』での執筆活動で知られ、代表作に全米ベストセラー『荒野へ』(1996年)、『空へ－悪夢のエヴェレスト』(1997年)、『信仰が人を殺すとき』(2003年)などがある。アラスカのデビルズ・サム単独登攀などの記録をもつクライマーでもある。

井上大剛

（いのうえ・ひろたか）

翻訳者。翻訳会社、出版社勤務を経て独立。訳書に『インダストリーX.0』（日経BP）、『ウィンストン・チャーチル　ヒトラーから世界を救った男』（共訳、KADOKAWA）、『初心にかえる入門書』（パンローリング）、『世界でいちばん高い山　世界でいちばん深い海』（パイインターナショナル）など。